海飞 著

长亭镇

浙江文艺出版社
Zhejiang Literature & Art Publishing House

目　录

杜小鹅

我是杜小鹅，
也是李当当。
在武侠的年代里，
我生活在长亭镇……

/ 1 /

　　黄大傻瞪着一双三角眼威风凛凛地站在码头，它恶狠狠的目光被一场突如其来的阵雨淋湿。不远处的几条运沙船，在江面上像水墨画一样飘忽不定。黄大傻是长亭镇臭名远扬的一条恶狗，它和另外几条恶狗看到昏倒在一片水洼地中的杜小鹅时，她还不叫杜小鹅。她只是一名朴素的道姑，道号李当当。黄大傻一点也没有想到，有一天它将会死在李当当的手里，而且死得那么没面子，简直令它无地自容。

　　一艘陈旧而略显疲惫的客船正在下客，客人们在密密的雨阵中从客舱里拥出来，如同一条马哈鱼在合适的季节里产下的一堆子。这些"子"挤上颤悠悠的木踏板，再经过长长的被雨淋湿的石板步道，然后走出了码头铁栅栏的门。蕙风堂大药房的堂主安五常举着一把黑色长柄雨伞，不紧不慢地走进了黄大傻的视野。该死的阴湿天气，让他的腿脚走路不太方便。他的半个身子显然已经被斜雨打湿。安五常环顾了一下四周，目光落在不远处水洼里的那名道姑身上。好久以后，他才摇晃着身体走过去，笨拙地背起了她。安五常仍然用一只手撑着伞，有好多雨水就顺着伞沿欢快地落在了李当当的后背。

黄大傻阴森森的目光一直落在李当当的后背，一会儿，李当当的后背就黑簇簇地湿了一大片，像一张地图。这时候黄大傻开始用大把的时间回忆不久以前发生的火拼，两帮人在码头上用斧头和砍刀对劈，那些优雅的雨珠被无情的刀锋劈得纷纷扬扬，雨水夹杂着血水在地上没有方向地流淌，那血腥味就在雨阵中弥漫与穿梭。一个胖子躲过一把斧头的锋芒，连退了四五步，重重地撞倒了像一张纸一样轻飘的李当当。后来两帮人马各自受伤，他们像从来没有出现过一样，仓惶地散开了。黄大傻冷笑了一声，它和另外几条游手好闲的恶狗一直都在不远处看着这场搏杀。黄大傻的主人叫黄兰香，黄兰香留着络腮胡子，养着修长的指甲。他每天都要花一个时辰来修自己的指甲和整理胡子。黄兰香在长亭镇上开了一家叫"哎呀楼"的妓院，在诸暨县全境，那是红得发紫的春意盎然的地方。但黄大傻对那些姑娘和嫖客不屑一顾，它觉得将大把的时间用在床上，那简直就是虚度光阴。

安五常在黄大傻冷峻的目光中越走越远。他微瘸着腿艰难地把李当当背回了他的蕙风堂大药房。蕙风堂屋檐下的一小块泥地上，开满了招摇得一塌糊涂的猩红的花，在雨中拼命地吸着雨水。安五常把李当当背进了药房，李当当身上滴落的雨水，很快让青砖地面湿了一圈。在一张做工考究的罗汉榻上，安五常放下了湿漉漉的李当当，并且探手捉住李当当的手腕替她号了一下脉。账房海胖天手里拿着一只乌亮的黑檀木算盘边走边拨拉着，他穿着一件青色的长衫，肚皮滚圆地凸起了。海胖天用肥短的手指头推了一下鼻子上架着的老花镜，深深地看了李当当一眼，用一种戏台上的京腔卷着舌头拖长了音调说，饥寒所致哪……

安五常温和地笑了，说，你成半个大先生了。

/ 2 /

李当当昏睡了一天一夜才醒来。她睁开眼的时候，屋子里靠墙的榉木半桌上猩红地亮着一炷香，但是却空无一人。李当当就干瞪着眼望着大瓦房的屋顶。看了很久以后，她在屋顶整齐的瓦片上，看到了自己的十六岁。那些瓦片开始慢慢动了起来，像是一个水边的戏台一样，一些旧事物开始缓慢地在水汽氤氲中登场。

她看到了淡淡烟雾中的母亲。母亲站在李家村晒谷场上一堆明晃晃的光线里，目送一位绿营清兵远去。清兵骑在一匹瘦得直打颤的马上，他后背上的那个"勇"字慢慢缩成了一个小黑点。母亲的脚边是一个木头盒子，里面放着一百两抚恤银子。那天母亲一直在晒谷场上站到傍晚，太阳穿透了她的身体，除了心结了冰以外，她整个身子都是暖和的。在黄昏来临的时候，母亲看到了许多归巢的麻雀，它们成群结队肆无忌惮地鸣叫着扑向树林。母亲也慢吞吞地回到了她住的那幢大屋。她在那把藤椅上坐了个把时辰，直到夜色从遥远的地方一寸一寸地黑过来，吞没成片的天空。后来她站起身，向苍茫的黄昏快步走去，西边的长庚星像在向她招手一样，突兀地站在黄昏的天空中……

也是在这个寻常的下午，李当当一直在仙人坪放羊。她一共放了十三只羊。李当当很喜欢在山上摘桃子吃，也很喜欢爬一些有着粗壮枝丫的大树。她就坐在枝丫上边吃桃子，边晃荡着双脚。有时候她会在树枝上站起身来，不停地颤悠，一颤悠就是半天。她一边颤悠一边看着羊群走远。但只要她一声唿哨，羊们就能乖乖地回来。有时候她觉得她不是人，她是一头羊。

这些羊的主人，是百步观的道长陈三两。陈三两留着枯黄的山羊胡须。在多年以前的一个清晨，他的胡须还没有那么苍凉。他在百步观门口打太极，等他转过身来的时候，看到了李当当的母亲牵着六七岁的李当当一动不动地站着。母亲说，你能不能收下她？她一年里有十一个月在生病。

陈三两说，生病的孩子多如羊毛。

母亲说，她已经是药罐子了。

母亲又说，再这样下去，她就不是药罐子，而是得躺棺材了。

陈三两看了脸色蜡黄的李当当很久，说，那就让她给我放羊吧。

陈三两从来没有教过李当当打拳练功，他只让李当当放羊。半年后，李当当赶着山羊，能在险峻得一塌糊涂的山地上奔跑，像一阵风一样。她爬起树来和猴子也没有什么两样。当然，李当当的气色也已经很好了，她懒得生病。

那天晚上，羊群已经入圈，李当当和陈三两一起在油灯下吃晚饭。吃完晚饭，李当当就出了道观，在百步观门口有着两株蟠龙树的一片空地上抬眼看星星。然后，她就看到了举着松明的母亲。

松明燃烧时发出毕剥的声音。母亲却一直没有说话，就那么长久地站着。松明的火光，把母亲的脸映照得十分好看。母亲终于说，儿。

李当当说，娘，一定是发生什么事了。

母亲笑着说，儿，你爹没了。但你不许哭！

李当当果然没有哭。她不过是想起了当年父亲穿着绿营的军服，骑着一乘快马越过江南的阡陌，回乡探亲。在没有边际的春天里，父亲下马，将幼年的李当当驮在了背上。父亲带来了红糖糕，在李当当的记忆里，父亲有着红糖糕一样的甜味。李当当的脸上微微泛起了笑意，对着燃烧的松明轻声说，红糖糕没了。

/ 3 /

第二天清晨，母亲直接从百步观动身去了安徽亳州。

李当当后来再也没有见过母亲。母亲的名字叫卢山药。她是从隔壁的东阳县卢宅镇嫁到李家村来的。

卢山药在亳州终于查到做到了千总的丈夫李有庆在当地有了一个小妾。卢山药那天坐在街边的小肆里吃了两个时辰的酒，吃得有些微醺。她红着一张好看的脸蛋，拎着一只竹篮，竹篮里放着几棵绿得发亮的青菜，摇晃着身子找到了那间李有庆租下的房子。房子里的一些陈设还在，但是小妾不见了。梳妆台前有一张圆形的绣凳，卢山药的眼前浮起李有庆站在小妾的身后，看小妾对镜梳头的情景。

那天黄昏，卢山药又摇晃着身子找到了千总蔡藏盛。

蔡千总在一座亭子里和卢山药聊了好久。他的身边是他的女人，坐在一张凳子上，脸色白净得像一株安静的棉花。蔡藏盛在亭子里来回走动，主要说了他蔡家的往事。我的祖父是被人陷害而死的，终于有一天我杀了对方一家十六口，然后乞讨为生，蔡藏盛平静地说。后来我投入了绿营，从一名兵勇做起，最后和李有庆一样，做到了千总。但千总，也不过是一个六品武官而已。

卢山药是在这时候从菜篮子里抽出那把藏身青菜下的雪亮的剔骨刀的。刀光一闪，蔡藏盛的脸色就变得非常难看，在刀尖就要抵达他胸口的时候，蔡藏盛的身子突然像缩了进去一样，向外弹了过去。蔡藏盛手掌随即拍出，掌风扫掉了卢山药手中的剔骨刀。刀子落在地上，如果不是因为发出了呛啷一声脆响，看上去它就像一条白晃晃的鱼干。随即卢山药被几杆火枪顶住了脑门和脖子。

蔡藏盛在凉亭外不远处反背着双手看着她，说男人的事，女人最好不要插手。

卢山药说，我不是替自己找回男人，是替当当找回爹。

卢山药一边说一边看了亭子里纹丝不动坐着的女人一眼。女人低垂着长而细密的睫毛，坐成了《红楼梦图咏》里的一幅木刻画。蔡藏盛一步步走了过来，捡起地上的那把剔骨刀，小心地放回那只装了青菜的竹篮里。蔡藏盛最后放走了她，温和地说，菜篮是用来买菜的。

蔡藏盛又对兵勇说，让她走！

那些兵勇收起了火枪。卢山药摸了一下自己的左脸，她的左脸被枪管顶出了一个圆形的红色小坑。卢山药的目光投在女人身上说，有庆对你不薄吧，你怎么会像墙头草一样，那么快就歪到另一边去了。

女人凄凉地笑了一下，双手一直搭在小腹上，安静得令人可怕。她就是李有庆的小妾。

卢山药又说，李有庆，你真当是瞎了眼，你认的兄弟现在抢走了你的女人。

女人仍然没有说话。她的脸蛋白净，光洁得像一枚刚被剥开壳的熟鸡蛋。她穿着雪白的衣衫，看上去像是田塍边粉白色的花，开得新鲜欲滴的样子。女人仍然什么话也不说，只拿一双大眼睛忽闪着看卢山药。

卢山药说，轻骨头，不是什么好东西，连从一而终都不知道！

女人还是什么话也没有说。卢山药隐约看到女人的小腹隆起了，心中突然咯噔了一下。卢山药紧盯着女人，仿佛要看穿女人的骨头。女人仍然什么话也没有说，只是朝她轻轻点了点头。

这些都是师父陈三两在后山挖山薯的时候告诉李当当

的。卢山药回到百步观是在一个深夜，看上去她已经衣衫褴褛。在百步观的厨房里，她狠狠地吃了三大碗饭。边吃饭边和陈三两说起去亳州的种种，她鼓着腮帮说，我杀不了蔡藏盛，还差点被他杀了……陈三两告诉李当当这些的时候，并没有停止挖山薯。他说得漫不经心，好像是在说一件陈年的旧事。

李当当手里拿着羊鞭说，那我娘呢？

陈三两停下手中正挥着的锄头说，她走了。

李当当说，我要下山找我娘。

陈三两说，你娘果然没有说错。

李当当说，她说什么了？

她说你一定会下山找她。她让我告诉你，她已经死了。她从方圆三十里最陡峭的假壁铜锣跳下山谷了。

她为什么要死？

她说她不死，你心里的那团仇恨的火就燃得没那么旺。

那个黄昏，夕阳已经红得如火，百步观后山一大片的树、地瓜、灌木、茅草，水沟、松鼠、石块，以及所有远远近近的一切，包括一条缓慢游动的乌梢蛇，都像被火点着一样红得耀眼。陈三两望着李当当火红的背影喊，你娘说了，你有一个弟弟，也有可能是一个妹妹！

李当当没有回头。她一直朝黄昏最深处走去。

/ 4 /

李当当离开了百步观。她行走在江南的阡陌，低眉顺眼，像一朵晴空下随风飞行的蒲公英。她就那么四处行走，简单的麻布背囊中只装了一个名字：蔡藏盛。在诸暨县长亭镇的码头上，她被安五常救下，并被蕙风堂收留。李当当醒来后的第二天，去账房见了安五常。安五常在写字，他写了很多幅字，有些字就直接躺在了冰凉的地砖上。李当当盯着千篇一律的黑字说，你在写什么？

安五常说，不争。

李当当说，不争是什么意思？

安五常说，不争就是平安的意思。

后来李当当离开了账房。她在蕙风堂的各个屋子里转着，她转到了药房店铺。李当当在药房的一张太师椅上足足坐了两个时辰。一些镇民拿着方子来药房抓药，药房的大先生忙得不亦乐乎，不时地用戥子秤麻利地为镇民们称药。李当当很愿意在这中药的清香里，看药房里忙碌的样子。有时候生意清淡，整个药房无声无息，连走路的样子都会像猫一样轻手轻脚。药工们在库房里忙碌，他们切药研药，"蕙风堂号"出卖的丸、散、膏、丹都是药房自制的。反背着双手的安五常就在库房里巡行，像一个敦厚勤勉的工头。无论是热闹还是安静，李当当都会一动不动地坐着。她仿佛爱上了蕙风堂。然后她看到一个年轻而清瘦的身影飘进了蕙风堂。他同海胖天说，我爹呢？

海胖天正在摆弄着一杆骨质戥子秤，他冷笑了一声说，你还晓得家来。

海胖天又举了举戥子秤说，我帮你称了一下，你的孝心顶多只有三钱重。

后生不说话，只是不屑地笑笑。李当当就看着这个年轻后生的背影，仿佛想要把这背影望穿。后来她知道他叫安必良，是安五常的公子。安必良穿着一件黑色的制服，笔直的直筒式呢子裤，脚上是一双乌亮的皮鞋。他的眼睛亮而有神，皮肤白净得像一个女人。他朝李当当看了一眼，这时候安五常轻微的喊声响了起来，让他到账房间去。

安必良去了账房间。他挺拔的身材亮闪闪地移动着，一会儿就不见了。李当当觉得他就像一根刚长成的青瓜。海胖天望着安必良的背影摇了摇头，他仍然用肥短的中指推了一下鼻梁上的老花镜，然后解开了腰间挂着的一只小药葫芦。海胖天喜欢吃酒。他的小葫芦里灌满了药酒。无数次他得意洋洋地对李当当说，晓得这酒里有哪几味药吗？李当当说，不晓得。海胖天说，鹿茸、巴戟天、羊肾、海狗、肉苁蓉、锁阳、紫河车、杜仲。李当当不响，这让海胖天很失望。海胖天终于说，这酒补肾。

李当当笑了，说，补不补肾，都和我没关系。

那天安五常在书房告诉安必良，可以娶这个被蕙风堂收留的女子。安必良说，为什么？

安五常说，她是个好女人。

安必良说，你没看到她是个道姑吗？

安五常说，道姑不能还俗吗？

安必良说，那你娶吧。我叫她一声小妈……

这时候李当当刚好经过了安五常的书房。通往书房的是一条铺着石板的狭长小过道，李当当像一阵风一样穿过过道。她轻轻地笑了一下，在心里说，到底是青瓜。

李当当宁愿爱上中药。她觉得中药是世界上最香的东西。后来她听到安五常的一声叹息，说，你走吧。

安必良不响，又在书房里站了一会儿。从安五常的书房走出来的时候，安必良看到李当当在他前面摇摆着走路，风情万种的样子，像一株怒放的野花。安必良吸了吸鼻子，他突然觉得，春天可能已经来了。

在这样一个春天里，安五常把李当当送到了长亭镇南边十里的松林观。站在松林观门口，李当当分明听到了钟声，也看到了白墙黑瓦的道观。一株枇杷从围墙上探出枝头来，成串的枇杷果黄澄澄的，很闹猛的样子，仿佛在发出一阵欢叫。但是李当当没有迈进道观。她转过身来望着安五常说，我不进去了。

我还俗了。我忘掉李当当这个道号了。我跟你走。

说完这些，李当当还笑了一下，露出一口白牙。李当当说，你想扔掉我？那简直是在做梦！

李当当和安五常回长亭镇的时候，经过一条宽阔而清浅的小溪。那些白亮清澈的溪水奔涌着，激荡起单调连绵而动听的水声。李当当卷起裤管走进水里，她的小腿肚白得耀眼，水面以下那小腿因光线折射，就不停地晃荡起来。李当当惊叫了一声，她被墨绿色的水草缠住了，一下子喜欢上了这种毛喇喇的感觉。她回转身，用手掬起水泼向安五常，岸上的安五常身上的衣服瞬间就被泼湿了。

安五常笑了，说，你为什么不从堰上走。

李当当说，谁都从堰上走，不缺我一个人了。所以我从水中走。

安五常笑着摇了摇头，他迈着不紧不慢的步子，从不远处的堰上绕了一圈。在堰上走着的时候，安五常看到了一只毛茸茸的小鹅摇摇摆摆地在浅水里游弋，紧紧地跟在一只大白鹅的身后。安五常就对着溪水中行走的李当当喊，我给你取个俗名，叫杜小鹅。

李当当愣了一下。她眯起眼睛望着白晃晃的水面，然后把目光抬起来，抬向更远处。许多农夫在明晃晃的水田里插秧。地里的甘蔗已经长到膝盖高了，绿油油的叶子在风中摇荡。不远处的水塘里，一架高大的木头水车，在两个光脚板女人的踩踏下，正吱吱呀呀地运作着。李当当的骨头欢叫了一声，她在水中晃了晃，然后站直身子，用双手拢成喇叭的形状对着堰上行走的安五常喊：我还俗了，我叫杜小鹅。

接着她又喊：我要嫁给你!

杜小鹅的话音刚落，溪两岸的黄花就闹猛地开了一地，并向四处蔓延着。春风激荡，安五常伸了一个懒腰，他突然觉得自己好像年轻了十岁。

/ 5 /

　　杜小鹅拉安五常跪在了加工药料的后仓库里，那儿供着一尊黄杨木雕的药王菩萨。没有红灯笼，杜小鹅就点了两盏马灯，把它们高高地挂在木头廊柱上。火光透出玻璃灯罩，均匀地洒在中药的气息上。安五常深深地吸了口气说，你想做什么？杜小鹅说，你娶我。你在药王菩萨面前磕个头。

　　我不能娶你。我都能当你爹了！

　　那我娶你！

　　你连我是哪儿人都不知道！

　　你是哪儿人？

　　我是江苏淮阴人。

　　我现在知道了，你是淮阴人。来，磕头。

　　杜小鹅拉着安五常磕头。抬起头来眯着眼睛对药王菩萨笑，说，菩萨，安五常和杜小鹅今天大婚，你做个见证。

这天晚上杜小鹅发现了安五常的一个秘密。她坐在床沿上，安五常就坐在床对面的一张椅子上。安五常的手搭在裤腿上，他的手指头轻轻勾拉着，裤管就慢慢升了起来。杜小鹅发现了安五常左脚是一条木头，呆板僵直地从他的膝盖处延伸下来。

安五常说，我同你说，我的这只脚是假的。

杜小鹅没有吃惊，她终于知道为什么安五常走路一摇一晃，而且也不敢走到溪水里去。

杜小鹅说，为什么会变成假的？

安五常说，这不用你管！

第二天清晨，杜小鹅在蕙风堂门口清扫地面。太阳已经升起，阳光像一把针灸用的银针一样洒下来，扎中了杜小鹅。杜小鹅觉得自己的血液流得飞快，她的面色不由得潮红起来。这时候她看到了不远处歪斜生长的树，那树干简直就是一道斜坡。杜小鹅突然丢下扫帚奔跑起来，她的足尖踏上了树干，双手平伸着保持身体平衡，瞬间就蹿到了树顶。后来她从树上跑下来，脖子上挂着一条扭动着的蛇。那条蛇的颜色和树皮几乎一模一样，褐色的那种。杜小鹅和一条蛇一起向蕙风堂走去的时候，看到蕙风堂门口的空地上多出了一个穿着灰色粗布单衣的男人。他的胡子刮得青青的，身上背着一只行囊，满身风尘的味道。他的身边，围了一群瞧热闹的镇民。

男人安静地望着杜小鹅，说了极短的三句话。这蛇皮长得像树皮，说明你的眼力好。我叫唐不遇。我是来找安五常的。

安五常已经站在了蕙风堂的门口，他盯着唐不遇看，皱了皱眉头说，阴魂不散！

这天，杜小鹅手脚麻利地在蕙风堂的门口把那条蛇剥了衣裳，把它用刀子剁成了一段一段。蛇是干净的动物，白嫩的身子，几乎没有内脏。杜小鹅生起了一只炭炉，把蛇肉放在瓦罐里，放入姜片和盐花开始煮蛇。海胖天摇晃着下盘不稳的身子走了过来，他突然抽抽鼻子停顿下来，解下腰间的那只小药葫芦，往瓦罐里倒了一些酒。接着他又摇头晃脑地撒下了一把药。

杜小鹅说，喂，海胖天你往瓦罐里放什么毒药？

海胖天得意地说，霍斛。蛇汤里放霍斛一定是最好的。你不懂！

在瓦罐弥漫出的清香中，杜小鹅看着安五常和唐不遇在蕙风堂面对面久久站着。后来唐不遇解下了背上的行囊，缓慢地放在了地上说，老东西，咱们走两招试试？

安五常笑了，说我手无缚鸡之力，你要走两招你让我的账房海胖天陪你走，他老说天津那个霍元甲是他师兄弟。

安五常边说边掀起了裤管，露出了那截木腿。他低下身敲了敲木腿说，你找错人了，我哪儿会武功？

唐不遇露出了失望的神色。那我找你比药。去你库房。

那个下午，唐不遇和安五常关在药房仓库里，他们把眼睛用布蒙起来，比闻摸草药，比煎药，比切药捣药和生产成药。杜小鹅一向都想不明白，原来中药馆也是可以踢馆的。唐不遇就是踢馆人。但是杜小鹅不知道的是，唐不遇本来就是一个忧伤的中医。唐不遇和安五常用方头药刀比切片，他们把羚羊角片切得比纸还薄，比雪片还轻，然后他们像两个孩子一样，手中各举着一小片羚羊角，放在眼前透过角片看着对方，对视一眼得意地笑了。杜小鹅望着两个药人在仓库里斗药，无声无息却斗得波澜四起。她悄悄地退了出来，像夏天里一只穿过弄堂的猫。

海胖天站在蕙风堂大药房里，春风吹起了他的衣衫。他把自己斜靠在柜台上，和杜小鹅说辽阔的往事。他清了清嗓子说当年唐不遇和安五常同时爱上了一个女人，那个女人后来成了安五常的夫人，也就是安必良的母亲。唐不遇当年和安五常就比过医术，落败而走，从此常年在外四处漂泊。直到安五常夫人去世，他仍然是不肯罢休。他一定要赢安五常。

那天傍晚，海胖天带着杜小鹅走进了后院的药材仓库。在药王菩萨面前，他们看到了两个木头假人，身上扎满短短的银针，所刺穴位是足三里、关元、气海、风门、三阴交、风池、大椎、涌泉等穴。海胖天在杜小鹅耳边轻声说，这些穴都是适合艾灸的穴位，这两个药痴无疑是在比谁找穴精准。而唐不遇和安五常对坐着，他们竟然在药材的清香里下围棋。最后安五常叹了一口气说，你终于赢了。

安五常又说，没有什么人天生就能成为高人，各行各业的高手，都是最能忍的人。唐不遇，你就是！

唐不遇没有接安五常的话，而是手里不停地玩着一粒白子，深深地看着海胖天身边的杜小鹅说，姓安的，我有话要同你说。

那天唐不遇和安五常在吃完晚饭后，坐在桌子的两头又谈了很久。他们的中间是一只金丝楠木的托盘，镶着铜边，托盘里是两碗清澈的蛇汤。后来安五常把其中一碗蛇汤推移到唐不遇面前说，不遇，吃汤。

唐不遇开始吃汤。安五常望着埋头吃汤的唐不遇说，但你说的那件事，我不能答应你！

唐不遇在长亭镇住下了。他借居在镇西头的海角寺，替寺里清扫庭院，寺里给他一个栖身的住所。一个清晨，杜小鹅鬼使神差地去海角寺，在一片晨雾中，她远远看到唐不遇在练功。唐不遇的步法有疾有徐，眼中却仿佛无天无地，世间万物都静止一般。杜小鹅就站在一棵枣树下，安静地看唐不遇飘忽不定的身形，觉得有一股气流在自己身边打着转。唐不遇练完功，说，你为什么来找我？

杜小鹅笑了，说我觉得你没有那么简单。在药材仓库里下棋的人不多。

唐不遇说，下棋就是比武，比心神定力，比反应，比身手。

杜小鹅说，听说你以前是一个中药师。

唐不遇说，我还是一个琴师呢。

杜小鹅说，你为什么要和人比来比去？

唐不遇说，那你觉得这尘世间谁没有比来比去？当年我就因为比不过安五常，所以连老婆也没娶上。

唐不遇的心头涌起一阵悲哀。现在的安五常完了，他没有杀气，他也成不了一名好医生。

唐不遇说完，突然眼里闪过一道精光，脚背一抬，一块地上的断砖飞了起来，直直地扑向杜小鹅的面门。杜小鹅看着一块黑影飞来，一抄手竟然接住，但是那股力道让她连退了三步。杜小鹅的面孔发白，说，你想杀我?!

唐不遇笑了，说安五常没了杀气，但是你有杀气。你全身上下的杀气，快要溢出来了。

唐不遇又说，我知道你不识字，你只认识杜小鹅三个字。

唐不遇还说，你现在还是个孤儿。你无所顾忌，所以你可以有杀气!

杜小鹅望着得意的唐不遇说，你究竟想说什么?

唐不遇接过了杜小鹅手中的那块断砖，紧盯着杜小鹅的眼睛说，你是习武的天才，天才是可怕的。后天的功夫，容易对付，但是天才不容易对付! 安五常这个老东西，早就看出你是天才，但是他竟然不肯让你跟我学武!

唐不遇一字一顿道：但我一定要当你的师父!

/ 6 /

　　杜小鹅在蕙风堂跟坐堂师傅学会了号脉。她似乎是爱上了蕙风堂，成了一名坐堂女郎中。安五常乐此不疲地告诉杜小鹅，蕙风堂成药的做工是考究的，比如炮制大熟地、山萸肉、何首乌这样的汤剂饮片，得用正宗的绍酒反复烹蒸；比如栀子，生用可以清热，炒黑则能止血，姜汁炒则可治烦呕，清表热则用栀子皮，清内热则用栀子仁；比如生甘草清热泻火兼有中和诸药的功效；比如蜜炙甘草健脾补中气……而蕙风堂的当家药品是柏子养心丸和补心丹，安五常说，心没了，人也就没了。

　　安五常盯着杜小鹅的脸，认真地说，我真想把蕙风堂的分号开遍浙江。

　　在安五常授意下，杜小鹅跟着账房海胖天学中医针灸。海胖天不仅是一名账房，而且自学了中医的诊疗，有点儿无师自通的味道。他长得有些胖，油滚滚的，每天中午的时候他必须睡上一个时辰，不然的话整个下午对他来说就是夜晚。他坐在椅子上，能在半炷香的时辰内响起呼噜。有时候他站着也能睡觉，脸上的皮肉松弛，像是在一场梦中。但是杜小鹅的到来，让他快乐得浑身颤抖。因为杜小鹅会陪他上山去采药，陪他一起晒草药，陪他一起用药杵子研药。许多时候海胖天在椅子上睡着了，醒来的时候，会发现杜小鹅一边捧着《本草纲目》的图录仔细地瞧着那些草药的形状，一边在捣药罐里捣药。

很多时候，海胖天忘记了自己其实只是一名账房，而以为自己是一名坐堂的大先生，或者是一个说书人。海胖天有一次午觉醒来，看着杜小鹅好久后说，我以前的同门师兄弟霍元甲是个武痴，你是一个药痴？你简直不可救药！

杜小鹅笑了，说，我想把蕙风堂的分号开遍天下。

海胖天倒吸了一口凉气。杜小鹅说，但我还有一件比开分号更重要的事，我要找到一个人。

海胖天说，哪路神仙？

杜小鹅说，不用你管！

杜小鹅又说，不要在别人面前提霍元甲是你师兄弟。

海胖天说，为什么？

杜小鹅说，人家会笑掉大牙。

唐不遇在黄昏时分来蕙风堂，他看到安五常和杜小鹅正从蕙风堂出来，他们想去镇南郊的那片农田里走走。这个季节，禾苗泛绿，菜花和豆花就快开放了。杜小鹅主要是想要呼吸一下植物的气息，她觉得植物是有灵魂的，那些气息是植物飘浮着的生命。然后他们看到了唐不遇。唐不遇在安五常面前站住说，我想再和你商量一下，我实在是太想收一个徒弟了。

安五常侧过脸，看了杜小鹅好久说，我不能让她碰刀动枪。

唐不遇失望的神色浮上了脸孔，他看到安五常拉了杜小鹅一把，杜小鹅就跟着他一起缓慢地向前走去。所有的树草都在空气里生长着，杜小鹅能听到它们生长时嘈杂的尖叫声。杜小鹅一直没有回头，但是她知道唐不遇没有离开。唐不遇一定在远远地用失落的眼神望着她和安五常。

杜小鹅没有想到的是，第二天天未放亮，杜小鹅拿着一把扫帚打开门走出蕙风堂的时候，看到了一张八仙桌，八仙桌上摆放着三畜供品，香炉里插着一把香，两支蜡烛举着腾空的火焰燃烧着。唐不遇和几个他雇来的小乞丐站在一起，看到蕙风堂大门洞开，唐不遇跪了下去说，杜小鹅，求你当我师父吧。

小乞丐们都齐声欢叫了起来，求你当我师父吧。

唐不遇说，你的身子骨就是为习武准备的，你要是不习武，我唐不遇就是彻底败了。比当年败给安五常还要失败！当我师父吧！

小乞丐们又齐声欢叫：求你当我师父吧！

唐不遇说，求你跟着徒弟习武吧！

小乞丐们再次齐声欢叫：求你跟着徒弟习武吧！

杜小鹅一步一步走向了八仙桌，那把扫帚被她扔在了蕙风堂门口的石板空地上。杜小鹅在八仙桌前看着桌上供着的那个煮熟了的猪头，眼睛很小，仿佛是没有睡醒的样子。杜小鹅就笑了，她在唐不遇面前跪下来，就那么相互对跪着。杜小鹅说，我当师父那是假的，我还是当徒弟吧。

唐不遇有了悲欣交集的味道，他喃喃地说，安五常这混蛋不会拦着你吧？

他管不着！

唐不遇把杜小鹅拉起了身，得意洋洋地说，谁当师父不重要，学功夫才重要。

那你想教我学什么功夫？

太极。

这时候，从蕙风堂的大门里走出了安五常。蕙风堂的坐堂大先生和伙计们都陆续来上工了，他们不停地哈着脸给安五常请安。安五常理也不理，手中捏着一把折扇一步步走到了杜小鹅面前。他看看杜小鹅，又看看唐不遇，平静地说，姓唐的，要是小鹅有什么闪失，我一定会拿走你的命！

杜小鹅开始跟着唐不遇练功。每天清晨四点，杜小鹅从蕙风堂跑步到镇西头的海角寺。海角寺背后的一大片空地上，唐不遇一定早就等在那儿了。唐不遇先教杜小鹅站桩，让她沉肩坠肘，含胸拔背。杜小鹅按照唐不遇的规矩站好以后，唐不遇盯着杜小鹅，阴沉着脸说，你练过?!

杜小鹅想起了在百步观的师父陈三两。陈三两早就教过她站桩，但陈三两只是让她调心调息调身，从没说过这是在练下盘。陈三两还教她倒立着行走，以及腿上绑沙袋像风一样在山上奔跑。但是杜小鹅从来都不知道这就是武功。她笑了，说武功哪有这么简单的?

唐不遇从背后绕过来，站到杜小鹅面前。他反背着双手盯着杜小鹅看，他说我看到你眼睛里有一团火。

/ 7 /

黄兰香家的恶狗黄大傻已经很久没有出现在杜小鹅的面前了，它连李当当已经改名为杜小鹅都不知道。游手好闲的黄大傻因为没事儿干，在长亭镇的十字街头和海胖天狭路相逢。要命的是海胖天刚刚去醉仙楼吃了一汤碗的绍县老酒，酒量极差的海胖天醉醺醺地行走在春风沉醉的十字街头，然后他看到了人模狗样的黄大傻。海胖天一时兴起，伸出一只肥厚的手不停地和黄大傻划拳。黄大傻两只前爪支撑着身体，屁股就坐在南货店门口冰凉的石板地上。它不时地看到海胖天张牙舞爪地冲着它把手伸过来缩回去，还不时地吼叫着一些令它莫名其妙的数字。最后黄大傻忍无可忍，放了一个狗屁，然后突然一口叼住了海胖天的手，直咬得海胖天像被劈了一刀似的号叫起来。

海胖天又哭又叫地回到了蕙风堂。他喷着酒气告诉安五常，黄兰香家养的一条狼差点把他给咬死了。

杜小鹅说，海爷，那不是狼，那是恶狗。我替你去讨个说法。

安五常说，你拿什么去讨说法？用刀还是用枪？

杜小鹅说，教训一条狗，用得着刀和枪吗？

安五常说，小鹅，你得忍一忍。狗的背后站着黄兰香。他的地趟刀很厉害。知道什么叫江湖吗？

杜小鹅说，江湖就是，今天你杀了我，明天我杀了你。

安五常说，错，江湖就是只要你迈错任何一步，所有的麻烦都会接踵而来。

杜小鹅说，那按你这么说，做人何尝不是如此。

安五常说，对，做人，就是一个更大的江湖。

杜小鹅最后还是听话地忍了下来。第二天清晨，杜小鹅在海角寺跟着唐不遇站桩时，唐不遇说，黄兰香那地趟刀一招一式不干净，不像旋风像乱风，疯子一样。

杜小鹅说，那你说我要不要忍？

唐不遇说，你和一条狗过不去干什么？我从你的眼睛里看出了你有重要的事要做！

后来杜小鹅听海角寺里的烧火僧胡瓜瓜说，黄大傻咬死过一个醉鬼。因为醉鬼走到五仙桥的时候，被风一吹，倒在地上吐得遍地都是。黄大傻就吃醉鬼的呕吐物，因为它傻，所以它吃着吃着就把醉鬼的一张脸给咬掉了。再吃着吃着，把醉鬼的头给啃下来了。

杜小鹅回到蕙风堂，看到海胖天在账房里，手上包着一块纱布，用另一只手拨拉着算盘。他抬眼看了杜小鹅一眼，盛气凌人地说，要是换成我年轻的辰光，十条黄狗都被我用掌拍毙了。我当年的铁砂掌，从来都不是白学的。连霍元甲也怕我。

杜小鹅说，那你跟我走，你用你的铁砂掌去拍死黄大傻。

海胖天说，嘁，黄大傻还没那么大的面子能让我移步。

杜小鹅笑了，说，那你想不想讨回说法？

海胖天说，做梦都想。

杜小鹅从药房仓库找了一把切药材的刀子，用布头裹了起来，大步流星地走向码头。码头上的风很大，风灌进了杜小鹅的脖子，让她感到阵阵爽快的凉意。杜小鹅果然发现黄大傻正忧心忡忡地望着辽阔的江面，一艘客船正在靠近。黄大傻后来晃晃悠悠地走到了杜小鹅的身边，停了下来，昂起头兴致勃勃地看着杜小鹅。杜小鹅缓慢地解着包在刀身上的布头，解到最后一层露出了一把刀子。黄大傻十分奇怪杜小鹅拿着刀子干什么，这时候杜小鹅手起刀落把黄大傻的半片脑袋砍了下来。只剩半个头的黄大傻又走了好几步才倒下，像一堆破旧泛黄的棉絮。

安五常看到杜小鹅拿着一把带血的刀回到蕙风堂的时候，脸随即白了。杜小鹅看到安五常的脸上挂不住，就笑安五常，说，能像个男人的样子吗？

安五常好久以后才说，男人就是让刀子上沾血？

杜小鹅撇了撇嘴说，别怕，我会对付黄兰香的！

黄兰香不仅长了络腮胡，还长了一脸的麻子。他是黄昏的时候来算账的，带着两个徒弟，却没有带他的地趟刀。杜小鹅就坐在蕙风堂的正中间，摆了一张小台面的四仙桌，一个人泡了一壶茶。吃完半壶茶的时候，她看到黄兰香的络腮胡子出现在她的视线里。络腮胡子越来越近了，杜小鹅低头又吃了一口茶，抬起头给黄兰香一张明媚的笑脸说，是看病还是闹事？

黄兰香笑了，说，听说蕙风堂的内当家是杀狗的好手，所以想来会会。

杜小鹅也笑了，急了的时候，连人也杀。

黄兰香说，你杀了宣统皇上也和我没关系。你只要赔我一条狗。

杜小鹅说，你那是恶狗。

黄兰香说，恶狗值钱，抵得上你十条命。

杜小鹅说，那我这十条命的债偏就不还了。

杜小鹅出手了。这是她刚刚从唐不遇那儿学的，掤，挒，挤，按，采，挒，肘，靠，唐不遇教她的八种劲道，被杜小鹅用得生涩而不接地气。杜小鹅用肩膀前后寸劲击向黄兰香的时候，她的手腕瞬间就被黄兰香扣住扭到了身后。海胖天和伙计们都拥了过来，海胖天手里刚好举着戥子秤，黄铜秤盘里还放着贝母。海胖天说，姓黄的你家狗欺侮人，你也欺侮人！你的为人顶多只有六钱重。

黄兰香笑了，说，海胖天你给我少啰唆，不然我把你舌头割下来喂狗。

海胖天倒抽了一口凉气说，天津卫霍元甲是我同门师兄弟。

黄兰香说，别在我面前拿姓霍的吹牛。我下手不知轻重，你们要是上前半步，这小娘们轻则骨折重则毙命！我哎呀楼有的是银子发抚恤银，想要银子的尽管上前！

海胖天折回柜台前放下了戥子秤，又歪歪扭扭地奔出来，摆出一个攻击的姿势，呜啦呜啦地胡乱叫着，却被黄兰香的徒弟一脚踹翻在地。这时候杜小鹅突然对着药房喊，软骨头，你就躲着吧，我走了！

安五常叹了一口气，从库房出来了。显然之前的漫长时光，他一直都在库房里加工中药。他托着一只木托盘来敬茶，杯碗边上放着一只黄纸包起来的小纸包。安五常对着黄兰香笑了，说黄老板，要不请你吃这碗上好的马剑茶，茶是明前茶，采茶人是前童村里八位十六岁的姑娘。我亲手炒的茶。要不请你吃了这包毒药，也是我亲手调的剧毒药，沾唇即亡。你家有口井，你哎呀楼里的三十六位姑娘，吃的全是这口井的井水。我有的是大把时间，我天天往你家井里下毒。吃茶还是饮毒，你自己选。

两个人隔着茶盘对视良久。黄兰香站了很久以后走了，走前说，我从来都不怕有人威胁我，我是对这个女人一点也提不起兴趣来。要对付她，我黄兰香恐怕会掉价。

安五常说，那最好了。我也不想吓人。我是个郎中，郎中是救人的，不是下毒的。

黄兰香笑了，说，你要留心你这个女人。她既然可以要黄大傻的命，当然也可以要你的命。

这时候杜小鹅看到了唐不遇，他悠闲地躺坐在一辆黄包车上。他是来看黄兰香有没有欺侮安五常和蕙风堂的。如果黄兰香动手了，那么唐不遇也不会闲着。在黄包车上，唐不遇歪着头对黄兰香说，你千万给我记住，杜小鹅是我的师父！

那天唐不遇留在蕙风堂吃饭。杜小鹅让人把八仙桌搬到了太阳底下，一碗咸肉春笋，一碗蒸苋菜梗，一碗青葱豆腐，一碗清炒螺蛳，再一碗韭菜炒鸡蛋，十分江南的菜。唐不遇兴奋地搓着手，让人打来了一碗酒，和海胖天对吃起来。两个人说起了往事，海胖天说自己和霍元甲在一起时的那段艰苦岁月，说得有鼻子有眼。杜小鹅突然觉得胃不太舒服，不停地吐着酸水。

但是说到底，这还是一次愉快的午餐。唐不遇酒足饭饱的时候拍了一下肚皮说，黄兰香不可怕。他的那套乱刀法都是破绽，全漏在对手的眼皮底下。他的个性也漏在了别人的眼皮底下。

杜小鹅说，那什么样的刀法可怕？

唐不遇说，水泼不进，密不透风。轻灵迅达，刀光千钧。

杜小鹅说，我为什么敌不过黄兰香？

唐不遇说，因为你没练到火候。黄兰香用的是蛮力，你要将他引进你的力量圈里，让他失重落空。要不就是把他的力量分散转移，所谓找到破绽，乘虚而入，全力还击。

只有安五常是不说话的。他不吃酒，温文而无声地扒着米饭，扒得极仔细，仿佛是在数米粒似的。他的筷子小心翼翼地伸向了豆腐。杜小鹅笑了，在心里轻声地说，老头。

这天晚上安五常替杜小鹅拔火罐。他用的竹罐是南山的小毛竹，亲自打磨的罐口。杜小鹅就趴在床上，感受到背上的温热，仿佛有一股力量在吸去她身上的湿热与浊气。杜小鹅说，今天你为什么不早些帮我？

安五常缓慢地推罐，低声说，我又打不过他的。

安五常接着又说，我躲在库房里那么久才出来，是让你长点记性，不要做出头的椽子，雨水一淋会先烂掉的。

安五常又说，好多事体，都是需要吃了亏才能长记性。

杜小鹅说，按你这么说，吃亏是应该的，那这世上就没有恩仇了是不是？

安五常笑了：有人的地方就有恩仇。其实退才是进！你不是在跟唐不遇学功夫吗？功夫也一样！

/ 8 /

安必良在初夏来临的时候回来了一次。他依然穿着挺括的制服。那天，杜小鹅、安五常、海胖天和安必良一起吃饭，安必良不停地传达着革命的信息。他的每三句话中，必定会有一句提到革命。他意气风发的样子，让海胖天插不进嘴，所以海胖天选择把自己吃醉了。吃醉了他就

趴在桌上睡觉，他打呼噜的声音，像远处隐隐滚动的
雷声。

杜小鹅的眼里，燃烧起星星点点的火光。她看着安必
良边吃饭边手舞足蹈，浑身上下好像有一万种力量在向外
冲撞着。杜小鹅就想，果然是年轻人。安五常仍然小口扒
着饭，后来他放下了饭碗说，儿啊，你长大了，英武过
人。我真高兴。

安必良说，爹，儿子有许多事情要做，而且一定能
做成！

安五常叹了口气说，人生太过得意时，不见春风，只
恐冬雨。

安必良说，爹，人生得意须尽欢，我不欢，我要的是
革命！杜小鹅你说是不是？

杜小鹅放下饭碗，盯着安必良说，叫我小妈！

安必良就愣了一下，嘴唇动了动对安五常说，你还真
娶了？

安五常说，这么好的女人，不娶了放在家里多浪费。

杜小鹅说，小妈问你，革命到底是什么？是不是

报仇？

安必良说，不是，革命是为了让老百姓不怕任何人。

杜小鹅心里说，我本来就不怕任何人，但总有一天我要找到蔡藏盛。我要革掉他的命。

这天傍晚，唐不遇背着一只简单的布囊和两个理由来到了蕙风堂。他的一个理由是过来教杜小鹅功夫，另一个理由是等到杜小鹅功力练到三成了，他要出一趟远门。

直到敲了三更鼓，杜小鹅还是一直没有睡着，安必良白天说过的"革命"在她眼前变成一缕烟，慢慢升腾起来，变成了枪炮刀棍的样子，各种厮杀和喊叫的声音传来，枪炮齐鸣，这让她的血燃烧起来。此刻的安五常在打着轻微的呼噜，睡得像一个婴儿。杜小鹅披衣起床，走到后院和前院连着的天井时，一抬头发现了屋顶上的唐不遇，他摆出一个迎战的姿势，左手向前平摊着，右手成直角形以掌式竖起，站成一个扎实的纹丝不动的马步，恍若石雕。杜小鹅没有惊动他。夜意微凉，沁入杜小鹅身体的内部。杜小鹅观望了片刻以后回去睡了，安五常仍然在发出均匀而细致的鼾声。

第二天天还未亮，杜小鹅起床练功。蕙风堂门口的空地上，唐不遇早就在练功了，披了一身的雾水。他隔着雾水对杜小鹅说，练！杜小鹅刚学了五路拳和五路捶，她打开了身体，在雾水中热气腾腾地开练了，像一头撞开山门的小兽。海胖天也破天荒地起了一个早，他的手里拎着那只装酒的葫芦，坐在门槛上看唐不遇指点杜小鹅。呼呼的拳风中，海胖天又说起自己年轻的时候是和天津那个霍元甲同门学艺，并且交过手的，但是不久前霍元甲竟然死了，令他再无对手，这是人世间多么令人伤心的一件事。海胖天说着挤下了几滴干巴巴的眼泪，他用胖乎乎的手掌擦了一下眼泪，吃一口酒，然后靠在门上睡着了。醒来的时候，觉得阵阵凉意紧紧包裹了他。他不由得搂紧了自己的身体，抬头看到启明星不厌其烦地挂在天空中。

几天以后，唐不遇去了福建。他没有和安五常告别，而是找到了杜小鹅说，师父，我要离开一段时间。那天下了一天的雨，安五常去磐安县进药材了，杜小鹅正在库房里带着一些药工制药。杜小鹅抬眼看了唐不遇一眼说，我给你饯行，你想吃什么？

唐不遇说，我想吃清蒸的螺蛳，绍县的鹅肉，嵊县的糟鸡，还有油煎的清溪鱼，外加一斤绍县老酒。

杜小鹅说，好，我也吃一斤老酒。咱们师徒俩，对吃。

酒足饭饱之后，在那个阴雨连绵的下午，唐不遇戴上那顶巨大的竹笠帽，走出了蕙风堂。他背着简单的行李，要去福建一个叫大田县的地方，说是有一堆朋友等着他切磋武功。杜小鹅说，那我送你。在镇南一条十分细长的阡陌上，两边的菜花和紫云英已经开得十分闹猛。杜小鹅撑着一把油纸伞，她茫然四顾，看到到处都是白茫茫的雨水。唐不遇说，师父，就送到这儿吧，你必须好好练！不然浪费了你练武的好身坯子。

杜小鹅说，徒弟，你有什么话要留给为师？

唐不遇说，师父，你永远都要记住，以柔克刚，以静待动，以圆化直，以小胜大，以弱胜强。

杜小鹅说，徒弟，你老实告诉我，我练到几成了？

唐不遇说，师父，你练到五成还不到。但有一天你会突然打开，身手心脑眼都会融会一体，如入无人之境。

杜小鹅想了想说，徒弟，恕不远送。

杜小鹅的话音刚落，唐不遇已经走出去很远的一段路，只留下泥地上的一串轻浅的脚印。唐不遇的身影在雨中显得十分瘦削，像一棵移动着的檫树，青翠而修长。然后这棵檫树就不见了，密集的雨笼罩了杜小鹅，把她紧紧地包裹了起来。杜小鹅茫然四顾，四处都是烟岚，一片苍茫。杜小鹅想，天地真大。

杜小鹅对着密集的雨阵说，蔡！藏！盛！

/ 9 /

多年以后杜小鹅仍然能在吃了半碗老酒以后清晰地记起，辛亥年的秋天如水般温软。其时武昌的上空被炮火覆盖了，这个世界仿佛已经在晃动。安必良经常提起的"革命"两个字，被许多人挂在嘴上。特别是在上海，连女人也跃跃欲试地成立了女子光复军、女子革命军、女子尚武会、医界女子后援会等组织，沪军都督陈其美还十分重视这些突然绽放的女人之花。女子北伐敢死队招募会员，爱国女校和务本女校两个学校里面的女生有好多都加入了队伍。革命仿佛是煤芯上突然爆出的灯火，明亮地闪烁了一下又一下。

杜小鹅也是在马灯的光芒下，吃完晚饭推开饭碗后郑重地对安五常说，我要去革命。

安五常看了杜小鹅很久以后才说，知道去了以后的结果是什么吗？

杜小鹅说，死！

安五常说，那你懂得什么叫革命吗？

杜小鹅说，革命就是让老百姓不怕任何人！

安五常说，你不是说你有重要的事情要做？

杜小鹅说，但革命一样重要。你不用拦我，我说我要走，就必须走！

安五常叹了一口气，说，好吧，那我不拦你。

杜小鹅在药王菩萨面前的香炉里插了一炷香，决绝地说，娘，你让我先革命。

安五常送杜小鹅去杭州南星桥的秘密训练营，那是山脚下大树掩映的一个茶厂改造的。茶厂里有两排屋子，还有围墙，围墙里圈了一大块平整的土地，革命就在这围墙里像篝火一样燃烧起来。这批受训的新军以女生为多，县里的女中也来了好多女学生。安五常像父亲一样，目送着杜小鹅进入设着门岗的大门。他十分巴望着杜小鹅在进入营区的路上能回一次头，可是一直到杜小鹅的身影消失，安五常也没有等到这一次回头。

杜小鹅在训练营发现了安必良。安必良在营中负责宣教，他的口才很好，能够滔滔不绝地讲上一个时辰。杜小鹅和许多学员一样，统一穿上了湖绿色的衣裤，坐在操场上。她远远地看着，觉得安必良的嘴唇真薄。训练营的女队队长是袁水娟，一个扎着武装腰带，剪着齐耳短发，风风火火的女人。她和安必良一样，用十分地道的京腔不停地演讲着。她一定是爱上了说话。她说话的时候，右手挥来挥去，充满着一种劲道，这让很多队员都热情高涨，每个人都有一种想随时喊口号的冲动。杜小鹅想，袁水娟好像是一堆被点着了的火，燃得很旺。

杜小鹅发现袁水娟好像是有了身孕。自从杜小鹅在蕙风堂初通医理和药理后，她的眼睛比以前尖了许多。她还发现袁水娟的演讲里，每隔三五句话，都会提到一个叫吕公望的男人。杜小鹅想，名声那么响亮的男人，是不是长了三头六臂？

杜小鹅还在训练营认识了一个叫黄金条的年轻人，看上去英武霸气。那天下午午间操的时候，袁水娟突然带了一个穿着军装的年轻人来。他没有戴军帽，也没有扎武装带，而是穿着笔挺的军服。其实他的武装带就在他手上提着。他在掌声中出场的时候，就那么不经意地提着武装带，这让人看上去以为他提了一根马鞭。许多女学员的眼睛瞬间就光亮了起来，她们被这一抹青翠而有力的颜色击中了眼睛。杜小鹅的眼睛也亮了一下，她看到的是黄金条的军靴。军靴乌黑锃亮，双腿修长而挺拔，然后一个温厚的男中音响了起来，他说，我是黄金条。

那天吃饭的时候，杜小鹅站在一棵树下端着白铁皮饭盒，黄金条摇摇晃晃地过来了，在她的身边坐下。黄金条盯着杜小鹅的眼睛笑了，说，听说你把我表舅家的狗劈了？

杜小鹅也笑了，说，怪不得你也姓黄。

黄金条说，我还听说你男人要给我表舅喂毒药？

杜小鹅说，是的，不过我觉得喂药太阴毒了些，不如直接把你表舅给劈了省事。

黄金条笑了，说你想劈人有的是机会。战场上你随便劈去。

看着黄金条邪恶的眼睛，杜小鹅不由得有些怦然心动。显然，他和安五常的沉稳温良是不一样的，黄金条全身上下洋溢着一股邪而强健的气息。听袁水娟和一些女学员说起过，黄金条十三岁的时候就杀过一个人。他抢了一个宰牛为生的屠夫的刀，并且把屠夫给杀了。但是他看上去怎么都不像一个杀人犯。他走到哪儿，哪儿就有女学员像花痴一样故意和他偶然相遇。他在礼拜天的时候会穿便装，喜欢戴一顶礼帽，而且他还有一块西洋怀表。有人说这表是瑞士产的，有人说是日本产的。天知道到底是哪儿产的。

黄金条带着他的教员队伍，先让女学员们练习兵操、队列，然后开始训练刺杀、骑术、射击和投掷炸弹。他仿佛是一个什么都懂得的人，挺拔的身姿无时无刻不闪现在女学员们火星四溅的眼睛里。黄金条在带队训练之余，对杜小鹅很不错。他会在四下无人的时候，突然给杜小鹅翻一个跟斗。但是他从来不说自己的家世，只说他的表舅叫黄兰香。他说黄兰香根本没有学过什么地趟刀，只会拿一把白铁皮刀片胡乱地舞着吓人，有一次舞得不小心还差点把自己的手指头给削了下来。

杜小鹅问，我为什么没在长亭镇见过你？

黄金条说，我四海为家，我哪有时间待在那个安静得像死去一样的小镇里。

黄金条果然是去过许多地方的，所以听口音很难听出他是哪儿人。他的枪法很准，用一根钢丝吊起来的一排瓶子，能被他一枪一个给统统轰碎了。那枪声和瓶子碎裂的声音，让女队员们差不多都尖叫起来。黄金条听到女生的尖叫特别地快乐，他还懂得摆弄许多洋枪，还会拆枪和装枪。所以黄金条对刀剑是不屑的，他说都什么时候了，你还拿刀去革命？你有几个脖子你拿刀去革命？

黄金条还会变戏法，他变得最多的戏法是从袖子里掏出熟鸡蛋。杜小鹅在吃了黄金条变出的十多个鸡蛋以后说，我已经嫁人了。

黄金条说，都革命了。你休了你那个病老头，你完全可以离婚。

杜小鹅说，做梦！

但是有一天，杜小鹅被黄金条一把抱住了。那天下着雨，队里放假，杜小鹅一个人去了街上瞎转悠。经过南星桥惠民大药房的时候，她突然想起了安五常和海胖天，想起了长亭镇上的蕙风堂。杜小鹅就撑着伞久久地站在惠民大药房的门口，抽抽鼻子呼吸着混合着中药的潮湿的气息。一直到傍晚，杜小鹅才反身往训练营走。黄金条像一只巨大的蜘蛛一样，从十字街头那家姚记南货店的二楼窗台上跳了下来，他的手里拿着一块黑色的斗篷，挡住了杜小鹅的目光。黄金条的手一抖，斗篷高高扬起，他变戏法变出了一黄包车的鲜花。这些鲜花在雨中，仿佛还在向上生长。杜小鹅能听到这些鲜花在吮吸雨水的声音，吱吱作响，充满革命的气息。

黄金条说，我只爱你一个人。

杜小鹅说，你别爱我。除了革命，我还有很重要的事要办。你过你的日脚。

什么重要的事？有比革命和爱情更重要的事吗？

有。我要找到一个人！

黄金条说，那我和你一起找人。说完黄金条弯下腰，又直起身，他把杜小鹅扛在了肩上。雨直直地从天空中洒落下来，黄金条一伸手，抓起了黄包车里的一束花。他就那么迈着八字步大摇大摆地走着，雨越下越大，两个人都湿透了。

这时候，杜小鹅突然想哭。

/ 10 /

　　安五常来看过杜小鹅。安五常选择一个雨后艳阳高照的中午，大地刚刚吸饱了水，阳光一照地气开始张扬地上升。在一片潮湿而温暖的地气中，安五常安静地站在训练营的门口。他被哨兵挡在了大门外。杜小鹅穿着湖绿色的衣裤，像一只翠皮鹦鹉一样匆匆走出来，她看到安五常有些苍老了。安五常的手里捧着一只罐头，他把罐头递给杜小鹅说，这是我自己煎的驴皮膏，加了枸杞、芝麻和姜，温水冲服。

　　杜小鹅接过了那罐驴皮膏，说，还有事吗？

　　安五常的神色就有些凄惶，说，听说随时都有可能会打仗，一打仗说不定你们就得拉上去。

　　杜小鹅说，你担心我回不来？

　　安五常说，我不是担心你回不来，是担心我自己受不了。

杜小鹅有些黯然，但最后她还是笑了一下说，你回去吧。路上小心点。

杜小鹅说完转身走了。望着杜小鹅的背影，安五常脸上露出了笑容，他知道这相差的二十来年岁月，让年轻得像一棵白菜的杜小鹅还没来得及学会用目光目送自己的男人离开，那么只有他来目送杜小鹅离开。杜小鹅其实没有走远，她走到操场中间的一棵树后，深深地把头埋在了那装着驴皮膏的罐头上。秋天已经很深了，她知道安五常差不多该走上回家之路了。

就在这时候，上海光复的消息传到了南星桥。那天黄金条集合了女队的队员，告诉了大家这个飞来横财一样的消息。他的脸涨红了，手不停地用力挥舞着，他说要随时做好光复杭州的准备。他咬着牙喊，光复杭州，光复浙江。杜小鹅一转头，看到营长站在自己身后，营长说，杜小鹅，一会儿你到营部来一下。

杜小鹅到营部以后，营长说，要打仗了。

杜小鹅说，这事应该告诉袁水娟，她是队长。

营长说，她和安必良去南京执行任务了。你临时带队，应付任何突发事件。

杜小鹅说，早打比迟打好！打吧！

第二天夜里，训练营的人马突然被拉了出去。他们在午夜降临以前的一团漆黑中，和步兵第八十二标会合，从候潮门、凤山门进城以后分为两路。所有的安排与部署，杜小鹅都是后来才知道的。那个叫王金发的名声响亮的嵊县人，和一个叫尹维峻的十七岁姑娘，从上海带了一千五百名敢死队员赶到了杭州。据说他们的总指挥是蒋介石。而浙江新军在朱瑞带领下，和敢死队联合，一起攻打了浙江抚署衙门。训练营的人马和敢死队并肩战斗。火光熊熊，枪声密集，子弹像横飞的雨。杜小鹅永远记得，辛亥年九月十四，重阳节过去才五天，杭州的天空被火把照亮了。杜小鹅甚至担心杭州的天空会不会被火烧穿，或者被枪炮声给震塌。杜小鹅眼里跃出了一个身体修长而结实的女子身影，她就是尹维峻，她手持长枪，腰里插着炸药和短枪，向浙江抚署扔出了一颗手拉炸弹。爆炸声过去后，她像弹射出去似的带着一批敢死队队员冲进衙门的内堂。一批清兵成了俘虏，他们表情木讷地望着突然拥入的新军不知所措。杜小鹅不停地开枪，她显然是打得忘了自己是谁，她的手在机械地填弹和击发。那只挂在腰间的白色子弹包里的子弹越来越少。然后，在她奔向马房用长枪四下瞄准的时候，看到马房里一个男人被尹维峻带着敢死队员拖了出来。

他就是浙江巡抚增韫。

天亮的时候，杜小鹅听人在议论，说杭州光复了。银行和藩、道衙门，运署，织造署，电话局，军械局被两路光复军的枪火悉数拿下。在杜小鹅的记忆里，这是一场稀里糊涂完成的光复。她扳着手指头计算自己杀死的清兵，她觉得自己至少射杀了三人，捅伤了四人。不管怎么说，这是一场够本的战斗。

杜小鹅记住了一个人的名字，尹维峻，十七岁的姑娘，像一棵灌满了浆的树。

/ 11 /

安必良是在南京被捕的，消息在杭州光复的同一天送达。密报说安必良原本是去执行一个联络任务，联络完了他偷偷离开袁水娟，去秦淮河把身子骨荡漾了一下，结果就在荡漾的时候被清兵探子逮住了，直接投进了牢里。那天训练营的营长把杜小鹅叫到了操场上，这是个脸色白净的小个子男人，但是目光却像铁一样坚硬。他盯着杜小鹅，说你认识安必良吗？

我是他小妈。杜小鹅看了一眼站在营长边上的教官黄金条。

他叛变了。我们要锄杀他，认为你最合适做这件事。营长说。

我杀不了他。我下不了手。我下不了手就只会坏你们的事。

营长看了看教官黄金条，黄金条说，杀亲人是不容易的一件事，除非她的心是铁做的。还是我来吧。

黄金条连夜动身去了南京，却也没有杀成安必良。其实是他根本就没有办法找到安必良。安必良知道有人要杀他，就像滴入泥土中的一滴水一样，突然就不见了。杜小鹅待在训练营，心里一直都不踏实，有队员说吕公望要来视察，有队员说马上就正式开打了，要打到南京去。与此同时，一些坏消息也纷至沓来，至少有五名与安必良联络过的南京的同志被捕。而从南京顺利归来的袁水娟哭成了一个泪人。她哭了足有大半天，几乎所有训练营的人都听到了她欲抑还扬的哭声。袁水娟终于擦干眼泪找到了营长。她在营长的办公室里十分坚决地说，从此以后安必良就如同我杀父仇人！

在操场角落的一棵树下，杜小鹅突然从树身后闪了出来。她拦住了袁水娟，袁水娟的眼神就有些躲闪，说，我知道你想说什么。

杜小鹅说，安必良是你孩子的爹！

袁水娟说，他要是真想当爹，就得为儿子挣个好名声。

杜小鹅说，就算他没好名声，但怎么就如同你杀父仇人了?!

袁水娟懊恼地咬着牙说，不用说了，是我瞎了眼。

杜小鹅冷冷地望着她，说，安必良的眼神也没比你好到哪儿去!

安五常再次来训练营看杜小鹅的时候，他们站在营房外围墙下面，有一搭没一搭地说话。秋天的太阳，把他们的身形拉得很长。杜小鹅就踩着自己的影子，告诉安五常，他的儿子安必良已在南京叛敌。安五常就笑了起来，他是对着阳光笑的，所以他笑的时候眯起了眼睛。一会儿，眼泪就把他眯着眼的眼眶灌满了。安五常就那样仰着头，努力不让眼泪掉下来。他对着阳光说，欠别人的，迟早是要还的。

安五常从训练营回到了蕙风堂，他苍老了许多，坐在药房里一言不发。海胖天斜眼看着安五常说，掌柜的，出了什么事了？

安五常说，不用你管！

这时候蕙风堂门口站了一堆人，他们是南京那五个被捕同志的家人，他们往安五常身上掷石块、破鞋、菜帮子、瓦片、牛粪，一会儿，蕙风堂门口和安五常的身上就"琳琅满目"了。海胖天拿着一把扫帚出来挥舞着吼，无法无天，你们无法无天。但他被安五常喝止了，安五常皱着眉说，姓海的你吃你的酒去！

海胖天高举着扫帚的手缓慢地放下，愤然扔在地上说，老子吃酒去！

海胖天退下了，他招呼伙计们上了蕙风堂的排门。安五常在最后一块排门合上之前，一步步走出了蕙风堂，他的脸上挂着笑意，头发上挂着烂菜叶。安五常笑着对那堆人说，谁要动手，请便。

那些木头、断砖继续向安五常扔来。安五常的额头开了一道很长的口子，看得见额骨。但他仍然微笑着站着。

这时候，黄兰香正闭着眼在他开的哎呀楼里喝茶听曲，老鸨摇着鸭子步走到他身边说，蕙风堂出事了。听到消息后的黄兰香一拍大腿，把唱曲的妓女吓了一跳。

黄兰香背着一把闪闪发亮的白铁皮大刀赶到了蕙风堂门口，他摇晃着肥硕的身子，大吼一声说，爹是爹儿是儿，父债子还，子债父不还！

黄兰香新养的一条小狗紧紧地跟在黄兰香身后，仍然是一张很傻的脸，但是黄兰香却叫它聪明。黄聪明不知轻重地对着那群人狂吠起来。它的屁股又圆又厚，所以作为一条狗，它其实是十分笨拙的。黄兰香冷笑了一声说，你们给我听好了，我这趟刀可是翻脸不认人的。

那天这群人终于散去了。他们本来也没想过要杀人，不过是想要来讨个说法的。黄兰香也走了，走之前他看了身上挂满烂菜叶的安五常一眼说，你上次说要给我家下毒的勇气去哪儿了？被狗吃了？

安五常不响。黄兰香对那条小狗说，黄聪明，跟爷爷走！

蕙风堂的门口只剩下了安五常。夕阳西下，长庚星又在天边升了起来，风吹起了安五常的衣衫。安五常多么像祠堂门口一根经历日晒雨淋的苍凉的旗杆。

/ 12 /

　　辛亥年的冬天显得无比漫长，仿佛一根被拉长了的皮筋。《申报》上发表了上海女子北伐敢死队的《女子军事团警告》，竟然号召妇女参军参战。安五常在蕙风堂翻看着报纸，他的身边是一只通红的小炭炉。自从杜小鹅报名去了训练营以后，他比以前话少了许多。他一直都在想，人的一生实在是太短了，像他这个年纪的人已经毫无斗志。女子北伐敢死队向上海都督府提出了组织计划，立即得到了批准，并且领到了武器、弹药和服装配备。她们成立了训练所，黄兴的女秘书徐宗汉也经常来给她们训话。报章上的这些充满火药气息的消息，让安五常时常想起杜小鹅。他在想两件事：一是杜小鹅在南星桥过的日脚，无疑就是上海女子北伐敢死队的日脚；二是现在的女人们都怎么啦?

安五常没想到战事来得那么迅捷。才过了三天,训练营就开拔了。杜小鹅参加了训练营中由女学员组成的女子炸弹部队,直接就浩荡着奔向南京。安五常仍然像往常一样坐堂,切药,写字,但是有一天他提起毛笔的时候,一滴墨重重地滴在宣纸上。他不知道该写些什么。最后他写下:杜小鹅。

这天晚上,一个人影出现在安五常的房间里。安五常已经睡下了,他听到轻微的脚步声,问,谁?!

那个人影许久都没有说话。安五常就叹了口气说,你自己欠下的,自己还。

杜小鹅的训练营并入了浙江新军的队伍。三千多人的部队开拔,女子炸弹部队成员每个人都在脖子上挂了炸弹。这是一种随时都可能爆开的力量,能把血肉之躯扯得粉碎。浙江新军和其他省域过来的部队组成了攻打南京城的联军,枪炮声开始在南京上空密集地响起。那些子弹带着温度与硬度,在空中来来往往,十分闹猛的样子。杜小鹅沉睡的血液被这种声音唤醒了，她看到许多战友死在了清军的枪炮中。

杜小鹅打得很勇猛。她和黄金条一起带着其中一队女兵随大军攻城。联军司令部决定集中镇江军、浙军和沪军团的近万人，合力进攻最难攻破的紫金山半山腰地势险要的天堡城。联军司令部后来又组织了敢死队，杜小鹅、袁水娟和黄金条都在其中。敢死队分两路进兵，横冲直撞，然后各路军随后跟进。杜小鹅的耳朵被枪炮的声音灌满，她觉得自己已经不是杜小鹅，也不是一个女兵，她只是一台永远运动着的机器。就在这时候，清军天堡城守兵突然扬起了白旗，黄金条大吼一声，走，跟老子冲过去。杜小鹅紧紧跟着黄金条，在壕沟间纵跃。她的脸已经被炮火灼伤，火辣辣地痛着。当小分队接近天堡城的时候，清军突然放排枪扫射，杜小鹅正在向城墙上的清兵开枪，被黄金条扑倒在地后，一颗炮弹随之在他们身边爆炸。炮弹掀起的黑色泥土，像浪一样盖过来，把杜小鹅和黄金条埋在了其中。少顷，杜小鹅推开黄金条的时候，看到了黄金条身上披了许多的泥块，而他的脚在不停地淌血，裤管外已经一片殷红。

杜小鹅说，你没事吧？

黄金条喘着粗气笑，我舍不得死，还得等着你休了那老头子呢！

杜小鹅沉下脸，拉起了枪栓。她笔直地站了起来，对着那些卧倒在地的敢死队员突然大吼一声，不怕死的，跟老娘冲过去！杀！！

昏天暗地的战斗中，杜小鹅带着小分队蜂拥直上，杀得很勇猛。敢死队后面跟进的部队中，开始传诵一位不怕死的女人，她的名字叫杜小鹅。这时候人群开始喧哗，杜小鹅才知道是浙军攻宁支队参谋长吕公望带队过来了，他将亲率众勇攻城。吕公望身边是一个叫蔡大富的副指挥，他的衣袖高高挽起，大声而有力地吼叫：吕参谋长愿身先士卒，与将士共存亡！

将士们齐吼，共存亡！共存亡！

吕公望高声喊：兄弟姐妹们，你们从杭州出发时，老百姓怎么欢送你们的？

士兵们齐吼，放火炮！送糕点！

蔡大富随即跟上一句：那么你们将用什么东西去回报家乡民众？是临阵退缩还是奋勇杀敌？

士兵们又齐吼：杀进南京城！活捉江防军张勋！

多年以后，杜小鹅仍能清晰地记起，激战整整一天后，他们于12月1日攻克了天堡城。黄金条已经不能战斗了，他被拖下了阵地。再过一天，南京城被攻下。多年以后，杜小鹅的耳畔除了枪炮声以外，眼前总会浮起攻打天堡城时那些飞溅的血光。

南京城攻下了，热闹过后是迅速的萧条。杜小鹅并不知道南京城攻下的正确说辞是：南京光复。她牵着一匹老去的瘦马，瘦马上驮着受了脚伤的黄金条。黄金条脚上的弹片已经被取出，但是他无法行走。在回去的路上，黄金条突然失落地问，革命就这样胜利了？

杜小鹅说，你不是一直想要革命吗？

黄金条说，我一路上都在想，革命到底是怎么回事？

杜小鹅说，革命是让老百姓不再怕任何人。

黄金条说，可是不革命，我也没怕过任何人。我十三岁就杀过人!

杜小鹅斜了黄金条一眼,就不再说话。他们的身前身后都是伤兵。袁水娟也走在他们不远处,她不时地拿眼睛瞟一下黄金条。她终于走了过来说,黄教官,南京光复了,我们还能干什么?

马背上的黄金条一言不发,他的脸侧靠在马脖子上,随着马的行走,他整个身子都在颠簸着。好久以后黄金条说,以后好好过日子。

杜小鹅、袁水娟和黄金条三个人在杭州与众人分开,他们踏上了回长亭镇之路。那匹老去的瘦马,在他们在武林门码头坐上客轮之前,就倒在了地上。它的眼睛一直没有合上,身体紧贴着大地,长长的睫毛无力地闪动着,仿佛是在回忆它短暂的一生。袁水娟要把这死马卖给肉店,说可以换几个盘缠,被杜小鹅拦住了。杜小鹅找来一个专事丧事的男人,叫他在拱宸桥附近一片长满野草的空地上埋掉老马。她给了这个人一些钱,并嘱咐他在老马坟前供一些新鲜的草料。这时候,疲惫的杜小鹅已经是灰尘满面的一个人了。她抬头望了一眼明亮的天空，说，蕙风堂，我回来了。

他们在长亭镇码头下船，早已等候在码头上的黄兰香哭成了一个泪人。他从杜小鹅的背上接走了黄金条。他背起了这个表外甥时说了一句温暖的话，跟舅舅回家。

袁水娟迟疑了一下说，舅舅，我能在你家借住几天吗？

黄兰香因为意外而愣了一下，随即不停地点着头，住住住，爱住多久住多久。

于是，码头上只剩下杜小鹅一个人了。四顾无人，她觉得码头其实空旷无比。辽阔的江面上，那些货船和客船像突然消失似的，一下子都不见了。杜小鹅觉得江面以上，除了江面还是江面。这让她想到了刚流落到长亭镇时，又累又困又饿的时候，两帮人在码头上的一场火拼，也记起了她昏倒在雨水中，是被安五常背回了家。现在，她离蕙风堂很近，但是她却觉得距离遥远。黄兰香提前得到消息，来接表外甥黄金条，但是，安五常没有出现在码头。杜小鹅的心一下子空了。

在蕙风堂的门口，安五常笔直地站着。他刮了胡子，穿一件青色的长衫，反背着双手。看到杜小鹅歪歪扭扭走来的时候，他温和地笑了一下，说了三句话。第一句是，回来就好。第二句是，热水烧好了，你先汰个浴，干净的衣裳就放在浴桶边上。第三句是，汰完浴，吃腊八粥。

安五常的背后，海胖天红着一张酒脸不怀好意地看着杜小鹅笑，突然尖着嗓子用京戏班子的腔调哼：万般滋味哪……

这该死的海胖天的短短几个字，让杜小鹅鼻子猛然就酸了。

/ 13 /

码头的风很大。挂着拐杖的黄金条和杜小鹅面对着宽阔的江面站着，一趟客船刚好离开码头，在他们飘忽不定的视线里，客船越开越远。黄金条变得不太爱笑了，他会好久都一言不发。终于他说,我要离开长亭镇。杜小鹅没说话。黄金条又说,你能不能和我一起去香港?

杜小鹅说,我不能走。

黄金条平静地说,那你嫁给我。

杜小鹅说,也不能嫁。

黄金条说,我的一条腿废了,我怎么觉得什么革命都他妈的没用。

杜小鹅说,你在提醒我欠了你一条命?

黄金条说,我没那么小气。

杜小鹅说,我会还你一条命的。但不是用嫁给你来还,不是用去香港来还,是拿命来还。

杜小鹅说完转身走了,走之前她说你死心吧,我不会离开安五常。我还有更重要的事要做,我要找一个人!

黄金条对着杜小鹅的背影说,安五常有什么好?

杜小鹅停住了脚步,缓慢地转过身来,脸上露出了笑容。杜小鹅说,他会熬驴皮膏和腊八粥。

杜小鹅回到家的时候,瘦弱的安五常告诉她要出门几天,去磐安看看今年药材的行情。三天以后,安五常回到了蕙风堂，看到杜小鹅正在药房里给人抓药，他就笑了。

杜小鹅斜了药房门口的安五常一眼，顾自忙活着，她懒得理安五常。等忙完了一天，一起吃饭的时候，杜小鹅懒洋洋地对安五常说，你是不是以为我和黄金条要私奔，所以你故意去了几天磐安？

安五常说，我没有去磐安，我在滴水岩的滴水寺院吃了几天斋饭。

杜小鹅说，你故意给我留个空当？

安五常说，你要走，我也不拦你。毕竟我大你那么多岁。

杜小鹅默不作声地扒着饭，吃着吃着，突然把碗给砸了。

/ 14 /

袁水娟找到杜小鹅的时候，已经是第二年暮春初夏。

南北议和后，清帝退位，袁大头当上了临时大总统。杜小鹅仿佛觉得去年的攻宁战役，像是一场梦一样，梦里头仍然有脆生生的枪声在不停地响着。袁水娟穿了一件单衫，抱着一个出生没多久的小毛头出现在蕙风堂门口。杜小鹅可以看到小毛头浓密的黑发，她伸出手抱过来孩子时，闻到了孩子身体散发出来的阵阵奶香。杜小鹅还看到了袁水娟胸口衣服上一块沁出的奶渍。

袁水娟说，我同你说，我要嫁给黄金条。

杜小鹅逗弄着怀里的小毛头，说，噢。

袁水娟说，虽然他有一只脚坏掉了，但是他表舅有钱，他坏了脚不干活也够他吃一辈子。你说是不是？

杜小鹅还是逗弄着小毛头说，噢。

袁水娟说，黄金条其实喜欢唱戏，我以前在戏班里待过，我可以和他对唱的。

袁水娟还说，黄金条和他亲爹不来往已经有十来年了，他表舅黄兰香卖了一家酱园，我们拿这些钱去香港。以后你要是来香港，可以来找我们。

杜小鹅这时候抬起脸来，奇怪地问，我去香港做什么？

袁水娟笑了一下，说，这是安必良的孩子，我只能还给你们安家。黄金条说他看到这孩子心里就别扭，老觉得是一个小安必良住在他家。

袁水娟说，今天孩子满月。

这时候杜小鹅看到黄金条正一摇一摆地走来。他胖了许多，身材有点儿像水桶的模样。杜小鹅这时候才发现原来黄金条长得一点也不好看，他的鼻子有些塌，而且油光锃亮的。他的脖子也短，仿佛是把头直接安在了肩膀上。但当时怎么会觉得他英武过人？

杜小鹅就远远地对着黄金条说，真是个小男人。

袁水娟没听清，说，你说什么？

杜小鹅说，我说这小毛头我要！

那天袁水娟又抱了一下小毛头，把小毛头再次递还给杜小鹅的时候眼泪掉了下来。她擦了一把泪，匆忙地离去，和黄金条擦肩而过。黄金条拖着一条残腿走到了杜小鹅的面前说，再过些日脚，我要去香港。他的一缕头发耷拉了下来，软软地挂在脑门上，很有些落魄的味道。

杜小鹅说，后悔。

黄金条说，现在知道后悔了？来得及，你跟我走！

杜小鹅说，不是，我现在是在替袁水娟后悔！

/ 15 /

安五常在那天晚上抱了小毛头很久。杜小鹅已经睡下了，安五常就坐在床边一张椅子上紧紧地抱着小毛头。他给小毛头取名安三思。杜小鹅问这是什么意思，安五常说，做人就是来受苦的，做任何事体都要三思而后行。安五常又说，他爹就是因为没有三思。

杜小鹅后来迷迷糊糊地睡着了。等她一觉醒来的时候，已经敲过了三更。安五常竟然还抱着小毛头，傻愣愣地坐在一张藤椅上。杜小鹅说，你是不是癫了？

安五常说，癫了就癫了吧，癫与不癫，都是一辈子。

杜小鹅说，我想出一趟远门，我该干正事了！我要去安徽找一个人！

安五常半晌以后说，我算到你要出门。

为什么？

安五常说，你的眼睛告诉我，你有大仇。你的眼睛里装满了一切，情，恨，痴，念，仇……

你为什么不问我，我究竟身后藏着怎么样的仇？

你想说的时候，我不用问。你不想说的时候，我问你没用。但我劝你，不要报仇，仇是永远报不完的。

杜小鹅无语，只拿一双眼睛望着蚊帐的帐顶。安五常说，我和你说个故事吧。有一个人被追杀，他和儿子从家里逃了出来，但是他的老婆、爹娘、工人、丫环……都被砍刀劈死了。他家房子，也被一把火全烧了。

杜小鹅问，后来呢？

安五常说，没有后来了。

杜小鹅说，我不信。

安五常不再说话，好久以后他叹了口气，把脸贴在了安三思粉嫩的小脸上。

　　第二天中午，安五常读到了一张报纸，读报纸的时候他的脸就一直阴沉沉的。杜小鹅说，怎么了？安五常说，没怎么。杜小鹅苦笑了一声说，你还是不肯说真话。安五常就说，你不要知道太多的事。

　　杜小鹅把报纸拿给海胖天，让他读。那天海胖天睡了整整一个下午，一直睡到太阳落山的时候才起来。海胖天戴起了老花镜，看了半天报纸，解下腰间那只药葫芦灌了一口酒说，有一个当官的，很有本事，当了浙军第六师师长吕公望手下的团长，就驻扎在长亭镇不远的城关镇。

　　这天晚上，安五常在蕙风堂门口的空地上坐了一夜。他坐在一张椅子上，椅脚边插了一炷香。香烧完了一支又一支，但是安五常仍然久久没有回房。夜半微凉，开始生出露水，海胖天索性就拎了酒葫芦陪安五常吃酒说话。海胖天大着舌头用京戏的腔调摇头晃脑地说，呀呀呀，汝可知三十六计第一计？

　　安五常也用京戏腔调搭话，走为上计是也。

　　海胖天说，那又为何不走？

　　安五常说，走不是长久之计，四年多了，也该有个了断哪!

　　海胖天解下酒葫芦又吃了一大口酒，咕咚一声醉倒在石板地上。他就那么干净地躺在地上，夜风一阵阵吹，地上的湿凉之气也在上升。海胖天对着黑沉沉的天空，用京戏腔慢板念白：夜凉似水哪……

/ 16 /

　　第二天一早，安五常找镇东头的剃头阿三剃了个头，又刮了胡子，一下子显得精神了不少，有点儿后生哥的味道。中午吃饭的时候，安五常一边抱着怀里的安三思，一边说，人最血气方刚、最风光的时候总是没几年。所以人生短得像一场梦。安五常的话音刚落，端着酒碗，把脸吃成了猪肝色的海胖天就趴在桌上睡着了。

　　那天晚上，诸暨整个县城围捕要犯，军人们在中水门集结，举着高而亮的火把。狗叫的声音一直延续到后半夜。后来报纸上的新闻说，那些散落在民间的强盗被蔡团长一一围捕。最后在枫溪边的十里梅林，那些强盗被集体枪决。老百姓们开始没日没夜地欢呼，他们其实什么也不懂，但是当得知蔡团长将要杀那么多强盗以后，他们就觉得这是应该欢呼的。于是他们就兴奋地欢呼了。只有蔡大富蔡团长没有欢呼，他望着这些被麻绳穿成一串的强盗惯偷，又忧心忡忡地望了望铅灰色的天空，最后说，杀！

排枪的声音响了起来。强盗们嘴上被塞了布头，他们一个个倒下了，那些鲜血迅捷地洇进干渴的土地。杜小鹅和黄兰香都看到了，他们挤在围观的人群中，看到一场短暂的杀人事件。那天黄兰香的脸一片青色，他看到一些痨病鬼的家人，在枪声还没有完全散去的时候，冲上前去用布头吸走地上的人血，回家去做药引。在人群渐渐散去以后，黄兰香一步步走向了蔡大富，他说，姓蔡的，我真为我表妹感到耻辱，亏我还给你白养了那么多年儿子。

杜小鹅安静地看着。她想起了攻打南京时，蔡大富就站在吕公望的身边，他衣袖高挽，大声而有力地吼叫：吕参谋长愿身先士卒，与将士共存亡！想到这些，她的耳朵就会发神经病一样又听到枪炮的声音。她看到在这长而辽远的梅树林里,蔡大富也一步步在向黄兰香靠拢。他摘下白手套,伸出两个手指头小心地把黄兰香络腮胡丛中的一根草屑摘去了。他伸出白净而修长的手指,轻轻弹了一下,那草屑就飞了起来,悄无声息地落在地上。蔡大富说,他不是姓黄了吗?我还知道他革命了。黄兰香你教导有方,我替我蔡家先人谢谢你。

黄兰香说,今天你又杀了那么多人。

蔡大富仍然微笑着,我杀的是强盗!

黄兰香说,从此以后我和你形同陌路。

蔡大富说,我从来没有想过要和你同路。

黄兰香说,我的英名也被你毁了。

蔡大富说,开妓院那也叫英名?

黄兰香终于大怒:蔡藏盛,你是想要逼我用地趟刀把你碎尸万段吗?

其实这时候杜小鹅已经要离开十里梅林了。她对这样的对话一点兴趣也没有,而且她一直以为杀强盗是没错的。在她大概走出十步路的时候,听到了黄兰香的嘶喊,一个埋在杜小鹅心里十多年的名字，竟然被黄兰香喊出。但是杜小鹅没有停步，她不想转过身去，不想去问个究竟。她的步速反而是越来越快。一个声音在她胸腔里像急流一样冲撞着：蔡藏盛，蔡藏盛，蔡藏盛。

这天晚上，安五常在书房里练习书法，他写了满满一张纸的杜小鹅，杜小鹅。接着他又写，君当作磐石，妾当作蒲苇，蒲苇纫如丝，磐石无转移。他把两张纸都铺在了地上，然后告诉边上抱着安三思的杜小鹅说，这是乐府诗里的句子。

杜小鹅说，乐府诗是什么？

安五常说，乐府诗就是古代人唱的歌。

杜小鹅说，那你写的这几句，是什么意思？

安五常想了想说，意思就是左边这张纸上写的，杜小鹅，杜小鹅。

这时候敲门的声音响起来。黄兰香匆匆地走了进来，看到地上铺着的两张纸说，别给我扮书生了，你和赵国治他们都熟的吧？

安五常说，哪个赵国治？

黄兰香说，就是五里亭那个弹棉花的，我记得你们是一起从外地搬到诸暨来的。尽管你们一个住长亭镇，一个住五里亭，还一直装作不认识。

安五常不再说话，继续写字。黄兰香就有些生气，说白天赵国治已经被姓蔡的在十里梅林枪毙了。死的人里面，我至少知道有三个人来蕙风堂找过你。

安五常轻声说，那又怎样？

黄兰香说，你最好还是跟我走，躲到我的哎呀楼去，女人堆里最安全。你要是不走，恐怕就来不及了。

安五常说，我不走。你把杜小鹅和安三思带走，送他们离开，我来生会报答你。

杜小鹅仿佛是听出了一些什么门道，说，我死得起！

那天黄兰香垂头丧气地走了，像一条被敲了七寸的蛇。望着这条蛇悄无声息地离开蕙风堂，安五常不由得笑了。这个不太喜欢吃酒的中年男人，突然酒兴大发，让厨房煎了一碗菠菜豆腐，油炸了一些花生米，切了一盘牛肉，然后卷起袖子坐下来说，杜小鹅，我想请你吃酒。

杜小鹅特别喜欢安五常这个老男人突然出现的孩子气。她喜欢被打开了的安五常。她把安三思放在了小摇篮里，也卷起了袖子坐到安五常的对面，咧开嘴笑了，说，要不要划拳赌酒的？

一壶善酿被端了上来，安五常说，不划拳不赌酒，今天给你说说往事。他把裤管卷了起来，敲了一下木腿说，知道为什么这是木头做的吗？

这个月明星稀南风劲吹的夜晚，在这充满了草药气息的蕙风堂，杜小鹅听到了另外一个故事。有一个叛徒，窃取了革命的果实，现在他要来灭口了。杜小鹅终于知道，安五常和一帮人一起，在四年多前配合徐锡麟一起刺杀过巡抚恩铭。徐锡麟被捕了，他却逃了出来，但是腿上中了一弹。后来伤口化脓发炎，只好截去了一条腿。从此以后安五常隐姓埋名，在长亭镇落户。安五常是到过绍兴的，也见过秋瑾和王金发，甚至到过王金发的老家嵊县董郎岗村。在革命过程中，身居清军绿营的蔡藏盛蔡千总，一直是暗中帮助安五常的。但是在刺杀恩铭事件后，蔡藏盛一边答应安五常和他的同伴们，帮助他们逃难，一边却让人暗中下手，想要割了安五常等人的人头去换银子。现在，蔡藏盛已经改名为蔡大富，摇身一变成了浙江新军吕公望手下的一名团长。他就是报纸上出现的那个人。

安五常说，今天被枪毙的，都是当年我们一起起事的难兄难弟。蔡藏盛连审也没审，就按强盗枪决了。他要把那些知道他叛徒底细的人，全部除去。

你为什么不逃走？杜小鹅问，我可以和你一起带上安三思逃走。

如果我死了，你的日子就太平了。如果我不死，他仍然会一直追杀。

怪不得你去剃了一个头。

我要干干净净地上路。当然，说不定是我杀了姓蔡的。但要是他被我杀死了，我也还是得死，因为他现在是革命者。

酒一直吃到半夜。杜小鹅正在给安五常添酒的时候，安五常说，他们来了。

此刻在蕙风堂的门口，月亮在天空中高悬着，远远能听到狗吠的声音。

安五常抱起了小摇篮上已经睡着了的安三思，说，天亮以前他不会醒来，更不会哭，我给他喂了老虎姜。

安五常又拉起了杜小鹅的手，两个人一起走进药房，走到药匮边。安五常移开了药匮，看到一层一尺多宽的隔层。原来安五常一直预计着会有用得着这隔墙的一天，现在这一天终于来了。

安五常笑了，说我出去。你答应我，无论发生什么事，你都不能出来。

杜小鹅说，为什么？

安五常说，因为你有安三思。我可以放心走了，必良在下面等着我。

杜小鹅的心头一惊，她猛然想起，安必良可能已经不在人世了。那么除去他的人，只能是安五常。

杜小鹅的眼睛，就一直盯着安五常，是想要问出一个究竟来。安五常点了点头，凄惶地笑了，说，欠了别人的，总有一天是要还的。

蕙风堂的排门被卸了下来，安五常一步步走出来，手里举着一杆戥子秤。他看到了熊熊燃着的火把，差不多能把天给烧塌了。安五常笑了，说，蔡藏盛，你逼人太甚。

蔡藏盛也笑了，说，要是我不逼人，总有一天会被人逼。

安五常举了举手中的戥子秤说，我给你的人品称了一下，一钱不值啊。

安五常说完，把戥子秤慢慢地放在了地上，然后他摆出了一个迎战的姿势说，来。

那是一场昏天暗地的混战。杜小鹅躲在隔墙里，听到了呼呼的拳风，才突然明白，安五常的武功其实是非凡的，一定经历了多年的武学浸淫。安五常的声音远远地传入杜小鹅的耳里，安五常说，姓蔡的，你的燕青拳果然越来越精了。刚柔相济，大开大合，这些年你没有偷懒。

蔡藏盛猛攻猛打，挥出重重一拳，冷笑了一声说，姓安的，洪拳练到这个分上，这些年你也没有偷懒。洪拳讲究的是后发制人，但今天我让你无法制人！

那天黄兰香像幽灵一样出现在混战现场。所有手持火把的黑衣人都背着长刀，但一个也没有出手。他们只是排成两排，专注地望着安五常和蔡藏盛拼斗。两个人都没有兵器，拳来掌往。蔡藏盛的燕青拳雄浑有力，猛追猛打。安五常则是步马变换，用强硬的桥手和连环手向蔡藏盛进击。洪拳向来以"桥来桥上过，马来马发标"去进行正面攻击，"桥上过"是以自己的桥穿过对方的桥面去攻击对方，"马发标"是以自己的步马硬冲对方的步马。但是安五常的一条假腿是不方便的，几招下来，安五常已经处于下风。好久以后，杜小鹅在隔墙内都听到了凌厉的拳风，以及蔡藏盛的一声大吼：今天是你的死期！

一切都安静下来。杜小鹅在隔墙暗室的黑暗之中露出了笑容，她从容地把沉睡着的安三思放在了地上，然后轻手轻脚地移开了高高的药屉。她走出蕙风堂的时候，看到安五常已经倒在了地上，而黄兰香不知从哪儿冒出来，正用他的白铁皮地趟刀和蔡藏盛缠斗着。蔡藏盛只用了一招，一拳就把黄兰香的鼻子打歪，一串黑红色的鼻血挂了下来。黄兰香愣了一下，又被蔡藏盛一脚踢中手腕，手中的大刀片飞了出去，呛啷一声掉在地上。

蔡藏盛阴着眼看了杜小鹅一眼，然后他走向一把太师椅。一名黑衣人把一只杯子递过去，蔡藏盛就坐在椅子上跷着二郎腿吃茶。他吃了几口茶以后，看到杜小鹅一步步走向了倒在地上的安五常。安五常的嘴角挂着大片的血浆，他说，种稻种瓜种萝卜。安五常说完头一歪死去了，杜小鹅就长久地抱着安五常的头，说我知道你写的那首诗的意思。后来她把安五常轻轻放了下来，缓慢转身，摆出了一个迎战的姿势。

我蔡大富不杀女人。蔡藏盛说。

你不是蔡大富，你是蔡藏盛。你是一个叛徒，害死李有庆，霸占他小妾。你还追杀安五常，杀人灭口。

你是谁？

我姓李！

在火把摇荡着的暗红色光线中，蔡藏盛愣了好久。后来他缓慢地说，我终于明白了，排起辈分来你得喊我阿叔。

杜小鹅笑了，说，叔，谢谢你杀了我爹李有庆，逼死我娘卢山药。

蔡藏盛突然凌空跃起，一记直拳向杜小鹅挥去。杜小鹅的掌风迎了上去，虚晃地避过了拳手，重重地拍在蔡藏盛的前胸。蔡藏盛连退三步，他吃惊地望着杜小鹅说，你跟谁学的太极掌？

杜小鹅说，跟我徒弟唐不遇学的。

蔡藏盛恼怒地又挥出了一拳，每记都是如铁锤般的重拳。燕青拳本来讲究的就是实用，每招每式没有花架子，不是攻就是防。杜小鹅仿佛听到了海啸的声音，蔡藏盛的拳风无疑就是一场海啸，远踢近打，高崩低砸，又是猝击，又是连击，拦迎击，躲闪击，困击……手脚并用，浑然天成如一头愤怒的猛虎，上中下三路并进。杜小鹅连避连退连闪，把来势凶猛的劲道都化开了。这时候海胖天手里拎着那只酒葫芦，摇摇晃晃地边吃酒边过来，大声地喊，杜小鹅，你小心了。他这拳会用中间挎，贴身靠。

果然，蔡藏盛欺身上前，重重一拳击在了杜小鹅的肚腹。杜小鹅被一拳击飞，凌空跌落在安五常的身上。

海胖天摇摇晃晃地上前，大喊，霍元甲都同我交过手，你们这些蟊贼，给我退下。

海胖天突然将那酒壶高高抛起，壶嘴洒出的酒从半空洒落，一滴不剩地落在了他向天仰起的嘴里。海胖天抹了一下嘴，连连出招，攻出三拳。杜小鹅也一跃而起，攻向了蔡藏盛。这时候那些举着火把的黑衣人一拥而上，直直地围攻海胖天和杜小鹅。

杜小鹅的心里叽叽叽地叫了起来，原来海胖天果然深藏着武功。他身体肥硕但并不笨拙，形如猿鹤，拳拳有力，虚实相间。海胖天不停地在用京戏里面的念白：蔡藏盛哪，今天是你的死期了哇……

蔡藏盛说，我认出你来了，你阴魂不散。你这条李有庆的贴身走狗，怎么和安五常凑到一起去了？

海胖天说，凑到一起去的不是我一个人，还有杜小鹅的徒弟唐不遇。

唐不遇就在这个时候从天而降。他是踩着那些鳞次栉比的民居屋顶的瓦片过来的，一路在黑色的夜幕之中潜行，像一只巨大的夜鸟。在跃过无数幢房子的屋顶以后，他稳稳地落在了蔡藏盛面前。这时候杜小鹅才明白，原来海胖天和唐不遇，都是亡父李有庆的贴身护卫。他们装作不相识，装作要教她武功，现在和她一起复仇。杜小鹅突然涌起了无限的力量，对唐不遇大叫一声，徒弟听好了，和为师一起，杀了蔡藏盛！

海胖天身上被刀子划开了数道伤口，他仍然哈哈大笑在迎战，许多黑衣人在他的拳风中一一倒下。而唐不遇和杜小鹅夹攻蔡藏盛，唐不遇重重地一脚踹向了蔡藏盛胸口，他像一只麻袋被抛起一样，坠落在地上。蔡藏盛吐出一口血，身子一弹弹向了杜小鹅，同时挥出重拳，杜小鹅闪身躲过，甩手一掌击向了他的额头。

就在这时，黄金条摇晃着身子提着一杆火枪赶来了，他举起火枪朝天开了一枪，大声吼道，杜小鹅你说欠我一条命，你现在把命还给他吧！他是我爹！

杜小鹅那一掌没有停，拍下额头的同时另一掌也同时拍出，重重地击向了蔡藏盛的心口。和李有庆当年的死法一样，蔡藏盛五脏俱裂。

杜小鹅受了伤，她喘着粗气盯着黄金条说，你开枪吧，把我欠你的命拿回去！要我放过蔡藏盛，做不到！

风一阵一阵地吹着。黄兰香也重伤倒在地上，他的一只眼睛被长枪挑了，血糊糊的一片。海胖天蹒跚着走过去，蹲下身摸了他一下，知道他身上的肋骨全断了。黄兰香就不停地在地上抽搐着，像一条被抛上岸的鱼。黄金条举着枪，手指搭在扳机上，枪管直指着杜小鹅。杜小鹅迎着黄金条一步步过去，黄金条涨红了一张脸吼，不要过来。

杜小鹅仍然往前走着，脸带微笑。黄金条的眼眶里蓄满了热泪，杜小鹅伸出手，轻轻地抚了一下枪管，然后把枪管顶在了自己的脑门上。杜小鹅笑了，轻声说，手别抖，拿出你在训练营时的英气来，开枪。

黄金条脸上的肌肉，因为激动而不停地抽搐着。他看一眼地上死去的蔡藏盛，又看一眼遍地的黑衣人尸体，最后他突然大吼一声，举起枪管朝天开了一枪，然后将火枪像烧火棍一样扔在了地上。不远处穿着单衫的袁水娟，一步步走过去，把手伸向了黄金条。黄金条把手放在她的掌心里，她轻声地像对孩子一样地说，我们走。

在浓重的夜色中，黄金条和袁水娟搀扶着远去。在此后杜小鹅的生命中，这两个人再也没有出现过。杜小鹅变戏法似的从怀中掏出两个烟火，瞬间点燃了，烟火腾空而起把黑夜照得支离破碎。杜小鹅在天空中看到了母亲卢山药的脸，卢山药在空中朝她笑着。杜小鹅仰起全是泪水的脸，大吼，爹，娘，大仇已报！安五常，你也给我闭眼！

杜小鹅的泪眼中，父亲李有庆穿着绿营千总的官服，骑着一匹马越跑越远。他回头笑望了杜小鹅一眼，然后那匹马腾空而起奔向了天空，终于在一声嘶鸣以后在天空尽头消失。而红糖糕的气息，一直在杜小鹅的身边缠绕与徘徊着。

/ 17 /

富阳县龙门镇上，有一个叫杜安堂的大药房，药房门口的一小片空地上，种满了招摇得一塌糊涂的凤仙花。杜安堂的当家药品是自己煎制调配的柏子养心丸和补心丹。杜安堂坐堂掌柜安娘子说，心没了，人也就没了。安娘子的名气越来越大，开出了许多杜安堂的分号，在杭州武林门、拱宸桥、卖鱼桥各有一家，并且在磐安县建了一个药材基地。安娘子喜欢上了吃酒，她吃一口酒，然后认真地对海胖天说，我真想把蕙风堂的分号开遍浙江。这个杜安堂，杜是杜小鹅的杜，安是安五常的安。多年以后，安娘子仍然能清楚地记起，杀死蔡藏盛的当夜，他们把重伤的黄兰香扔上车，带着安三思，像候鸟一样开始逃离长亭镇。

　　安娘子治好了黄兰香的伤，但是他的一只眼睛还是瞎了。黄兰香喜欢用一把十分小的牛角梳梳他的络腮胡，而且还教人习地趟刀法，仍然用的是那把白铁皮大刀。他收了许多徒弟，但这些徒弟却都更喜欢跟安娘子学武，这让黄兰香失落得像丢了魂似的。最后安娘子告诉每一位弟子，黄兰香才是真正的大师父，她只是代大师父授艺，这才让黄兰香的八字眉舒展开来。海胖天还做杜安堂的账房，只不过，在安娘子染上酒瘾后，他反而不吃酒了，但是算盘还是随身带的。他比以前清瘦了许多，总是问那些来抓药的客人，自己是不是有点儿仙风道骨的味道？唐不遇又去了福建，他完成了一件天大的大事以后，造作地说，他需要死在高山上，死在清露中，死在长风里。海胖天就不耐烦地说，滚！

现在的海胖天，喜欢给人说书。龙门镇出过一个叫孙权的人，海胖天就说孙权的传奇，说得头头是道。他说书的地方，是杜安堂大药房门口的一大片晒谷场，每回说孙权总要说得唾沫横飞，连说带演。安娘子宠着惯着这个老顽童，给他准备了一张说书用的榉木桌子和一块醒木。他的青色长衫已经被洗得泛白了，那块醒木也被摸得油光锃亮充满包浆。看上去，他就是一个生活在龙门镇上陈旧而有故事的人。

安三思见风就长，他已经在龙门镇上能够掏鸟窝和打群架了。有好多次，他都被安娘子用老藤吊起来，吊在一棵树下，整个身子像鸟一样悬空着。安娘子说，下次还打不打架？安三思说，不是打架，是还手。

杜小鹅就叹口气。在安三思的眉眼里，杜小鹅看到了越来越清晰的安必良的影子。

许多年，就这么哗啦啦地过去了，像翻书一样。

/ 18 /

我叫黄聪明。那条被杜小鹅砍了半个头的恶狗是我爹。他叫黄大傻,是个懒汉。

我死于民国十七年的春天。那时候我的主人黄兰香已经六十六岁,看样子他是过不了六十六岁这道门槛了。安娘子尽孝,按风俗从菜场割回来一刀肉,切成六十六块,烧成红烧肉孝敬黄兰香。结果在吃肉的时候,黄兰香被噎死了。安娘子那天刚好去了富阳县城,等她回来的时候已经回天乏术。在杜安堂的门口,安娘子让人用竹篾搭起了一个灵棚。黄兰香的睡姿安详,紧紧地抱着那把跟随他一生的白铁皮刀。安娘子就穿起素衣,在灵棚里守灵。漫长的月影婆娑的守灵夜,让她想起了那个雨丝绵密的雨天,她在诸暨县长亭镇的客船码头昏倒在地……

这一年安娘子三十六岁,安三思十六岁。安三思在富阳县龙门镇上的学堂里念书，他是一个认字的人。所以他从报纸上知道了去年秋天的中秋节，江西发生了一场秋收起义。连海胖天也捏着报纸，胸有成竹地站在晒场上看了半天的天空，用京戏的腔调念白，天要变哪！

秋收起义和我一点关系也没有。龙门镇开始进入漫长的冬季。作为一条老狗，我就要死了。我在龙门镇活了十六年，在长亭镇活了不到一年。海胖天在我十五岁的时候，就曾经恶作剧地踩着我的尾巴说过，看来你是一条寿星狗。

在我死以前，一个背着长刀的年轻人出现在龙门镇。那天海胖天又在说书了，下着雨，他就搭起了一个雨棚。所有听说书的人，都撑着油纸伞坐在长条凳上，他们听得十分入神。海胖天在说一个传奇，他说当年有四个兄弟，一个叫海青，一个叫唐不遇，一个叫蔡藏盛，一个叫李有庆……海胖天说了一个下午，说得口干舌燥。他说李有庆被逼死，战功和小妾同时被一个姓蔡的人接盘，唐不遇和海青逃离了一场追杀。海青无意中去一家大药房谋生，结果发现掌柜的，恰恰也是和这蔡藏盛结下了血仇……这个掌柜的名字，叫安五常。

百姓听得津津有味，说，这个比孙权好听，这是哪个演义？

海胖天一拍醒木说，这世上万物，相生相克，各有报应。所有欠下的，迟早都要还。

那一天，两匹马拉着一辆大车穿透了湿漉漉的江南，停在杜安堂的门口。车上款款下来安娘子，她是去磐安进药材的。大药房的伙计们开始搬运药材。从安娘子的目光看过去，海胖天仍然说得得意洋洋，听客们也没有离去的意思。安娘子的脸上洋溢着笑意，她喜欢这种平和的小镇生活。当安娘子转过头去的时候，看到了一个年轻人站在雨中。他也在听书，他笑了，对安娘子认真地说，我叫蔡一天，但是后来好多人都叫我蔡一刀。

蔡一刀又说，我娘姓刁，叫刁小婵。

安娘子觉得蔡一刀很面熟，她想了好久以后，才突然觉得他长得像死去多年的爹李有庆。她的后背心就凉了起来，说，你找谁？

我找杜小鹅。

刁小婵又是谁?

刁小婵是蔡藏盛的夫人。她早就不在了,难产死的。是我爹把我拉扯大,现在,我来替他要债。

安娘子突然想起那年春天,百步观陈三两道长的声音。那声音追着她远去的背影:你有一个弟弟,也有可能是一个妹妹。

蔡一刀笑了,说,我爹谁也不信,他只相信自己,所以他挣下了功名,身上也绑满了银票。我讨厌我爹,可谁让我是他生的呢?

那包裹着长刀的麻布套慢慢地褪了下来,褪得无声无息,像一条正蜕皮的蛇缓缓离开旧壳,但是安娘子仍然能听出金属轻微发出的呛啷之声。凭直觉,安娘子觉得这是一把有着好钢刃的利刀,她分明感到了一丝瞬间逼向她的寒意。蔡一刀肩上的长刀寒光一闪一闪,充满杀气。一些雨珠落下来,在长刀的刀身上飞溅开来。蔡一刀用右手两个手指夹着的布套,疲惫地落在了地上。雨水迅速地渗入麻布中,一会儿就黑了一片……

我叫黄聪明。在我的记忆中,那年龙门镇下了一场春雪，先是雨，后是雨夹雪，雪子噼里啪啦的，再后来就完全成了雪。但是要命的是那天阳光很大，春雪就在阳光之下纷纷扬扬，落地就化。

这时候我眼中所有的景物，像水中摇晃的倒影一样晃动起来。我慢慢走到了安娘子身边，头一歪终于正式死去。大地多么冰凉，一切就此静止。

何来胜

我是何来胜，也是乘风镖局的少镖头。在纷乱之年，我生活在长亭镇……

/ 1 /

何来胜奄奄一息地被强盗钱大贵派人用一条快散架的破船送回来时，也是落雨时分。何来胜衣衫褴褛，像一个疲惫的稻草人一样，仰面躺在破船的甲板上，一双死鱼眼睛望着灰暗的天空，突然觉得世界安静得像死去一样。

他的耳朵里灌满的只有无穷的水声。

那天蕙风堂大药房的账房海胖天正在码头唾沫横飞地给众人说书，他宽厚的背对着那条宽阔的江，一些零星船只就在他的背后缓慢地穿梭，这其中就包括那条运载着何来胜的破船。雨水稀薄，能略微打湿人的头发和衣衫，海胖天穿着灰色的长衫，表情丰富地说着遥远的江湖往事：那关老爷出阵，赤面长须，手持青龙偃月刀，大声喝道，来将何人？只见那人身骑黄骠骏马，手持黄金双锏，正是十三太保秦琼又名秦叔宝。两人斗在一起，叮叮当当，稀里哗啦，真是好一场恶斗……

围在他身边的贩夫走卒们微微张开了嘴，他们屏住呼吸，神情严肃地听着海胖天洪亮的声音被雨渐次淋湿，没有人察觉关公战秦琼有何不妥。这时候，那条破船艰难地挤开水面上浓重的雾气，在海胖天意气风发的声音中靠了岸。海胖天侧过身来，一眼就看见何来胜被人从船上抬下，于是说书声戛然而止。他推开人群，说我有要紧的事了。众人不答应，追着问，然后呢？然后秦叔宝怎么样了？

海胖天把本来就不大的眼睛眯起来，他臃肿的身子，灵活地穿过听书的人群，走到何来胜身边，拍拍他的脸，问，还活着吗？何来胜微弱地点了点头。于是海胖天对那两个从船上抬他下来的人说，辛苦二位，走，把他抬到蕙风堂。

听书的人群继续追问，说海胖天，然后呢？然后关云长怎么样了？

海胖天大步流星地走着，头也不回地说，然后？然后关云长猛地睁开他的丹凤眼，发现自己只是做了一场春秋白日黄粱梦。

何来胜在那块门板上一躺就是九天，几乎躺成了另一块板。

第十天，他一瘸一拐地走出了蕙风堂大药房，气若游丝地路过海半仙酒坊时被春十三叫住，摊开手问他要上个月欠下的酒钱。何来胜摸遍全身上下一文钱也没摸出来，春十三拽下了他系在腰上的乘风镖局的腰牌。那块腰牌是他爹何乘风当年风头无两时，长亭镇地主豪绅们一齐凑钱，用黄金给镖局打的一块纯金腰牌，正面写"乘风破浪"，反面写"劳苦功高"。可惜这也是何乘风给儿子留下的除了房子外唯一值钱的东西。

何来胜原先是个读书人。乘风镖局还兴盛的时候，他爹何乘风就学那些洋派的大户人家，把儿子送到洋学堂去念书，想把儿子培养得文武双全，有那种威震长亭镇的意思。后来乘风镖局没落，生意一落千丈，何乘风勒紧裤带也供不起庞大的学费，急得他在镖局天井里不停地转圈，像被斩去了头还没死透的公鸡。何来胜就安慰何乘风，故作深沉地说，尊敬的父亲，我有的是鸿鹄之志，我有一百个鸿鹄之志。何来胜果断地从洋学堂卷起铺盖回到了镇上，嚷着替父亲走十万里的镖。其实当时不仅托镖的人少，劫镖的人也少，走镖的路上遇见的大多都是没什么本事的地痞流氓。少镖头何来胜显得很勇敢，从来没躲躲藏藏不敢上的时候，无奈手脚功夫实在是差，往往其他保镖与人打得热闹的时候，还要匀出一个人专门保护他。久而久之，镖局其他兄弟们交给他一个任务，就是能不动手坚决不动手，不要呜呀呜呀乱叫着冲上前去，然后被人一脚踹飞。只求他像一张狗皮膏药一样，贴牢镖车就行。

何乘风为此苦恼了很久，每天都站在天井里对着天空发呆。他并不希望何来胜继承他的衣钵，提着脑袋今天不知道明天还活不活。后来何来胜在何乘风的一只旧皮箱里翻找出一把盒子炮，这是不久前何乘风走镖时从劫镖的人手里缴下的，据说来自德国毛瑟兵工厂。何来胜对这把盒子炮表现出了空前的热情，他举着这块黑铁一天到晚瞄来瞄去。在射杀了三只狗、五只鸡以后，何来胜把这支巨大的手枪插在了自己的腰间。

他拍了拍那支枪，对何乘风说，尊敬的父亲，好马配好鞍。

何乘风说，你主要是想说什么？

何来胜就接着说，好枪配好儿。

谁知何来胜转头就用这把枪闯了祸。蕙风堂堂主安五常家有出息的儿子安必良自告奋勇教他用枪，结果他错误地将子弹打向了安必良。好在子弹只是擦伤了安必良的胳膊，安五常和安必良都大度地原谅了何来胜，只有女掌柜杜小鹅皱着眉说，杀人偿命，伤人赔钱。为了赔偿，少镖头何来胜就去蕙风堂做了三个月的跑堂伙计。何来胜想，既然不用走镖也乐得清闲，每天拼命地闻着药房里的中药气息，或者是跟账房海胖天吹牛皮，要么就是在蕙风堂忙完后去哎呀楼，他也不叫姑娘，捧本书沏壶茶一直坐到何乘风叫他回家。

没有人知道，何来胜摇头晃脑看书的场所，为什么一定要选在妓院。

哎呀楼的老板黄兰香很看不起何来胜，心想，何乘风威风一辈子，生个儿子却是个肩不能扛手不能提的软蛋，整天捧本书看。现在变了天，既不能考秀才又不能中状元，难道看书能当饭吃？他趁何来胜不注意，偷偷瞄了眼他的书。书的封皮已经掉了，边角折起，书脊上有三个快磨毛的字：金瓶梅。书里图文并茂，只是黄兰香一双老花眼没看清那些图长什么样。黄兰香就想，难道这是一本拳书？金瓶梅是一种拳法？何来胜是对着这本武林秘笈想要学拳脚？黄兰香后来看清了那些插图的内容，不由得倒吸了一口凉气，他大叫一声乖乖，最后认为何家父子这是想要从哎呀楼偷学经营之道，以期东山再起。

黄兰香于是冷笑一声说，何来胜，看来你居心叵测啊。

何来胜就合上书，认真地说，你想歪了，我真的是一点念头都没有。

不过何来胜的人缘好，身上没半点读书人的臭脾气。有一回安必良回到家，边吃饭边端了本英文书，满页蝌蚪一样的字，海胖天凑过去问安必良看的什么，安必良不耐烦地告诉他说，跟你说你也不明白。恰好那时何来胜还在蕙风堂做伙计，于是笑着对讪讪而回的海胖天说，他在看

《伦敦蒙难记》，讲孙中山在英国被中国人抓了又逃出来的事。安必良大吃一惊，问他，这位曾经被我起死回生救活了的兄台，你也懂"阴沟律虚"？何来胜谦虚地说，一点点。

总而言之，何来胜文绉绉的之乎者也说得，和黄兰香之流喝酒吃肉也说得，蹲在路边与脚夫镖师日天日地的胡话也说得。就算是吃个屁，他也比别人的经验多至少三十倍以上。

他胸有成竹地说，屁就是硫化氢。

/ 2 /

何来胜的快乐生活终止在二十岁。在他二十一岁还剩下最后一个月零七天的时候，他爹何乘风走了最后一趟镖。何来胜记得，那个雾茫茫的清晨，他刚刚醒来，只看到门外是一团《西游记》里才会出现的浓雾。于是他叹了口气，觉得这雾里充满了未知和妖气，总是让他心神不定。在这样的心神不定中，他看到了镖局门口的一车倭瓜。

那是镇上开丝厂的邹老虎让他送的一车倭瓜。何乘风搞不懂开丝厂的不送丝，送一车倭瓜干什么。那次蕙风堂的账房海胖天也嚷着说要跟着去走镖，他说我得出去透透气，长亭镇太小了，装不下我的眼观八方的眼神。海胖天像一个旅行家一样准备行头，甚至带上了一把漂亮的夜壶，说是景德镇产的，文明人士没有夜壶，根本尿不出来。

几天之后，海胖天背着何乘风回来了，因为旅途劳顿的缘故，海胖天瘦了一圈，镖师们也全都灰头土脸挂了彩。但是海胖天的腰间，十分滑稽地挂着那把夜壶。那时候何来胜正在镖局门口认真学习那本《金瓶梅》，他一抬头看到天空中阴云密布，就在心里说，天一定就要变了。这时候他转眼看到镖师们七零八落地向镖局这边走来。何来胜就冷笑一声，说，这是怎么了？一个个像被抽掉了魂似的。海胖天大叫一声说镖被劫了，但骨气还在。何来胜不信，说这个世界上，还有人劫倭瓜？劫倭瓜不如买倭瓜便宜啊。

我也不信。可是镖真的被劫了，在嵊县，被一伙强盗抢走了。何乘风把自己的脸侧着，贴在海胖天宽阔的肩膀上，奄奄一息地说。我丢了脸了，无颜见江东儿子。虽然骨气还在，可是没人买我的骨气啊。

何来胜说，我会把镖找回来的。我爹一辈子没失过镖，不能因为一车子倭瓜把名声毁了。你千万不要忘了，我是有一百个鸿鹄之志的人。于是他选择了一个凉风吹拂的清晨，瞒着病恹恹的何乘风，一个人去了嵊县，很像一个侠客出门远行。到了嵊县，他向一个叫李歪脖的当地人打听强盗在哪儿。李歪脖说，我们这里民风淳朴得如同一股清流，强盗只有一伙，就是钱大贵。

钱大贵所在的地方在嵊县的一座本来没有名字的山上，钱大贵带着一批人自己占山为王，所以这山就取名叫大贵山。走到寨子门口，何来胜首先看到一个壮实得像深山大熊的男人正在炒菜，那口十几个人饭量的大锅在他手上轻得像一片羽毛，翻炒之间火星四溅，何来胜闻到一股朴素的肉香，他觉得自己的肚子叽里咕噜地响了起来。于是他把目光从大锅上努力地挪开，问，钱大贵何在？

那人没理他。直到菜起了锅，他才抬眼看了何来胜一眼，说，我就是。

何来胜说，我找你来要一车倭瓜。

钱大贵一愣，随即哈哈大笑，问，你是那姓何的老头的什么人？

我是他儿子，我叫何来胜。

钱大贵吃了口菜，把脚跷在桌上，晃晃悠悠地剔着牙问，你想怎么要？

何来胜掏出盒子炮，反问，怎么样你才能还？

文斗和武斗，你选一个吧。

什么叫文斗？什么叫武斗？

文斗就是你跟我一个人打。

武斗呢？

钱大贵嘿嘿一笑，顿时，何来胜周围一片拉枪栓的声音，二十几个黑洞洞的枪口一齐对准了他。

何来胜识相地收起枪，说那像我这样的读书人，当然选文斗。

那好。钱大贵擦擦嘴站了起来，咱们一对一地打。赢了，倭瓜你拿走；输了，我钱大贵不爱杀人，你给我磕三个头，磕完放你走。

何来胜想了想，豪迈地说，英雄所见略同，我选文斗。

钱大贵说，那来吧。

钱大贵身子魁梧却灵活得像一只螳螂，一开始只是浅浅试了几手，知道对方的斤两之后，大喝一声，小心了！双拳如锤，势若奔雷般当胸捣出。何来胜只觉劲风扑面，噔噔噔连退三步，第二拳第三拳再无闪避余地，慌忙架手格挡，顿时痛入骨髓，不由得大叫一声，我尊敬的父亲，我好像要输了。钱大贵哈哈笑了两声，抢步跟上后再出两拳，拳拳到脸，何来胜一时间头晕目眩，原地转了两圈，一下坐倒在地，鼻子嘴角都挂出长长一条血线。

何来胜的心里发出了一声哀鸣，心里说，爹，你丢脸了，我也丢脸了。乘风镖局果然是可以关门了。

平心而论，何乘风的家传武功只能算二流，而何来胜学来学去，顶多排到十八流。不过何来胜犟，具体到比武上，就是不要命。可是再不要命，也还是十八流的武功。从他拉开的架势，钱大贵就看出他连对手都算不上。菜还没凉，何来胜就已经满脸是血，整个头都肿了起来。钱大贵望着他这副鸟样，皱着眉说，你输了，你认个输，这事就过去了。何来胜摇头，我还没输，你看，我还没死，所以我还没输，然后又撞了上去。钱大贵觉得他简直像一条疯狗，疯狗当然不会认输。最后钱大贵扭脱臼了他一条胳膊，一招"顺水推舟"在他背上一拍，将他直直推出十多步，说你回去再练练吧，不然白白被我打死。

何来胜抹了一把脸上的血和土，咬咬牙走了。其实他十分害怕真的被打死了，那么复仇的机会也没有了。他垂着一条软塌塌的胳膊，心想，作为武林中人，怎么好意思让对手把胳膊接上？钱大贵也没主动帮他接，冷冷地看着何来胜晃着他那条脱了臼的胳膊越走越远。最后走进一堆像火一样燃烧的夕阳里，不见了。

半路上，何来胜下了决心，要好好学武功。

/ 3 /

就在嵊县强盗钱大贵抢走何乘风的倭瓜那天，春十三像一只白鹤一样飞临长亭镇。

那是一个春天的下午，春十三提着一口旧皮箱，一脚踏上了长亭镇湿润的泥土地，踏碎了长亭镇湿漉漉的阳光。她一路从东北来到浙江，停停走走，在船行驶到长亭镇时，一只池鹭潮湿的脚掌落在她肩上。为此，她的肩略微有了震颤。那时候春光明媚。春十三想，要么就在这里住下吧。

很快，人们知道，这个叫春十三的单身女人老家在松江省珠河县。她有着东北女人特有的白皙皮肤和高挑丰满的身材，头发精致地烫成大卷，穿着长亭镇的女人不会穿的衩开到大腿的旗袍。她的身段好看，一举一动都像在跳舞。她那时候对着天空中一朵云说，我本来就是个跳舞的。

没过几天，外乡女人春十三搬到了乘风镖局隔壁的隔壁，那户人家准备举家搬迁到苏州的观前街定居，春十三便带上那只池鹭，在这腾空的院子里住了下来。又过了没多久，乘风镖局的人忽然闻到一阵酒香从墙那边飘过来，推推搡搡地过去一看，春十三已经将隔壁的隔壁变成了一间酒坊，院子里不知什么时候堆了小山一般的紫红高粱，院中央有一口大铁锅，墙边摆了一排蒸酒的甑锅，甑锅上摇摇晃晃地停了一只被酒气熏得把持不住的漂亮池鹭。

正在忙活的春十三对他们大方地笑笑，说，以后多照拂。她穿着一件宽大的真丝睡袍，柔软的布料贴在柔软的身体上，勾勒出的似是而非的线条让一帮走镖的目瞪口呆。他们都觉得眼睛像是要着火了。

咚的一声，那只池鹭一头栽倒在地上。走镖的们吓了一跳。春十三走过去，捡起池鹭笑着说，它被酒给熏晕了。

第二天，在三千响的鞭炮声中，春十三的海半仙酒坊开业了。镇上的男人来了三分之二，就连歪头陈也来了。

歪头陈是长亭镇的一个疯老头，脑袋后面还留着细长而肮脏的辫子，乱糟糟地缠在脖颈间。谁也说不清他是什么时候被哪阵风吹到长亭镇的，他每天躺在江边一座废弃的路廊里，路廊地面碎石板缝隙里长满了荒草，他就把荒草踏出一张床的位置，扔一些干草，就算是他辽阔的床。看上去，他本身就像是一棵野性十足的荒草。镇上有好心人平时也就给他施舍两碗饭，送点旧衣服挡风御寒。他们私下传说，歪头陈原先是革命党，看见其他革命党人被杀头，大约杀到第一百颗头的时候，他活生生就给吓疯了。而且从此以后，他的头就被吓歪了。

长亭镇民团团总马当先带着十几个团丁过来立下马威，他们矮胖的身材翻滚着卷起一片尘土向这边奔跑过来，撞进了春十三酒坊的院子。马团总一双三角形的眼睛在春十三身上上下乱瞟，说春老板，咱们长亭镇是有规矩的，新店开业，收取联团费三个银元，团局捐三个银元，祠堂捐四个银元，田亩捐五个银元，一共十五个银元。说完摊开手掌说，春老板，付钱吧。春十三笑靥如花，说马团总，我酒坊刚开业，哪里来的十五个银元！马团总又说，这样吧，还有一个办法，去拿酒来，我一碗你三碗，喝得过我，就给你减半。

春十三说，这么个比法，我怎么喝得过您？

马团总说，那春老板敢来长亭镇开酒馆，不是身怀绝技，就是吃了豹子胆。

所有人的目光都集中在春十三身上，除了歪头陈。他偷偷地躲在角落里，仿佛这个世界跟他没有关系，仿佛他就生活在梦境中。他一碗接一碗地喝酒，很快就双颊通红，脸上露出痴笑，并且不由自主地一共打了三个欢快的酒嗝。

春十三露出为难的神情。哎呀楼的掌柜黄兰香艰难地挤开人群，讨好地上前与马团总套近乎，说长亭镇没人喝得过马团总，要不让她跟您比猜拳也行啊。黄兰香话还没说完，就被马团总当胸一掌差点推到春十三身上。马团总说，这里是酒坊，不是你的哎呀楼。黄兰香的脸就一阵青一阵红，很没面子，压低了声音说，我可是会地趟刀的。

马团总大笑起来，说你的地趟刀就是个花拳绣腿，你刀法能快得过子弹吗？你要是再在这儿牛皮哄哄的，我让人把你的哎呀楼拆了。

黄兰香不再说话，悄无声息地退回到了人群中。大家都看到马团总伸出手去，托起了春十三的下巴。这时候，一直站在房梁上的池鹭尖叫一声，俯冲而下，一口啄上了马当先的耳朵。马当先猝不及防，哎哟一声捂着耳朵不停叫唤。春十三连忙将那只取名春光的池鹭叫回来，春光就春光无限地栖在了春十三微微颤动的肩头。马团总丢了脸，就在他大喝一声，让手下们把酒坛和酒坊全部砸烂的时候，春十三突然拎起了一坛酒，拍开坛盖，往两只酒碗里倒下了两碗酒。醇烈的酒香立刻气势汹汹地在半空中盛放出一朵殷红的花。

春十三说，都给我住手！

马团总笑了，搓了搓手，然后端起酒碗说，春老板，请吧。

正在这时，忽然听见有个人雄壮地说，我来替她喝。我口渴得不得了。

何来胜拨开人群走了出来，左胳膊奇怪地晃荡在身侧。黄兰香一伸手，压住了何来胜的肩头，轻声说，少镖头你别闹，你又不会喝酒的，你要喝的话还不如我来喝。说着就要去拿酒碗。何来胜右手一使劲，把黄兰香推出去三步。黄兰香瞪大了眼，说，乖乖，你长本事了。我就说你偷偷地看武林秘笈练拳，你还不承认。现在看来，果然没说错。你要再这么没大没小，小心我用地趟刀收拾你。

何来胜没有理会喋喋不休的黄兰香，他帮春十三出头完全是一时冲动。他刚刚在钱大贵那里栽了跟头，满腹怨气正无处发泄。他不管马当先同不同意，也不理旁边站着的叽叽歪歪的黄兰香，垂着脱臼的左手，右手抢过酒碗就往嘴里灌。

何来胜在喝第二碗时，身子就开始打晃，到了第三碗时腿一软手一抖，碗笔直往地上掉去。春十三眼疾手快，弯腰一捞稳稳将碗接住，然后将何来胜扶到椅子上坐下。接过酒碗的春十三在那天一战成名，在很长一段时间里成为长亭镇源远流长的传说，她把脸喝成了一片春红，眼波流转，春风荡漾，望向围观着的人群。然后她慢慢转过身，看着马团总喝下了又一碗酒。那时候的马团总紫着一张猪头脸，泪流满面，他像是想起了什么伤心的情爱往事一样，被架出去时一把鼻涕一把泪地喊着菊啊兰啊芳啊萍啊心肝宝贝，我是如此深情地想你们啊。

春十三也喝得差不多了，她搬出一把太师椅，稳稳地盘腿坐在了上面，一手叉着腰，一手举着酒碗，用一双星星眼看着众人，说，从此海半仙酒坊还望各位乡亲照应。今天春十三献丑失礼，你们莫怪。这时，一只春天的燕子，孤独地飞过了酒坊的上空。何来胜就是在一片灰云慢慢撑过酒坊上空时，被镖局的伙计们抬回去的。抬回去的时候，他那脱了臼的手臂低垂着，像自鸣钟的钟摆。

人群渐渐散开去，只有经久不散的酒气还在酒坊荡漾着。春十三的眼皮子终于耷了下来，她觉得很累。空旷的酒坊院子里，不知什么时候像幽灵一样闪出了歪头陈，他依然举着那只碗，打了一个响亮的酒嗝，诡异地笑着说，看上去是少年英豪，其实不过是一把人间尿壶……

那天晚上，春十三敲响了乘风镖局的门，端来一碗刺鼻的药汤给何来胜解酒。何来胜醉酒神志不清，春十三当着何乘风的面，掰开何来胜的嘴巴灌药汤。何来胜晕过去三天，像死了一样，春十三就连送了三天的解酒汤。到了第三天，春十三给何来胜灌完药汤，说该醒了。然后何来胜果然睁开了眼，打了一个悠长的酒嗝说，好酒。春十三说，给你灌了三碗解酒汤，一共一个银元。何来胜没想到还有这一出，说，你这奸商，认钱不认人。春十三说，是拿不出钱吗？可以先欠着。她又当着何乘风的面，让何来胜写了一张欠条。那天何乘风像一条奄奄一息的癞皮狗一样躺在一块床板上养伤，望着醒过来的儿子和远去的春十三的背影，突然对何来胜说，我儿谨记，这个女人不简单。

何来胜愣了一下，说，尊敬的父亲，这跟咱们镖师走镖有什么关系？

何乘风意味深长地说，人活一世，不就是一场最难走的镖吗？

春十三是个精打细算的人。海半仙酒坊正式开张后，春十三在门口支了一个摊子供客人喝酒，一小盅不收钱，一小碗就要收钱了，每一厘都算得清清楚楚，生意也蒸蒸日上。酒坊院子里还有三张八仙桌，客人也可以来喝酒。酒坊的客人络绎不绝，春十三在长亭镇已经成了一缕风，或者一种传说，而且男人都喜欢乐意拼酒的女人。春十三喝完了酒就裙子一撩开始跳舞，两条腿白花花地露在外面，晃得长亭镇的老少爷们儿看直了眼。长亭镇的女人说她浪荡不守妇道，春十三撇撇嘴，说没见识，这叫康康舞，北方舞厅里俄国人最爱跳。但是像春十三这样的女人，天生招男人喜欢被女人唾弃，春十三也不屑和镇上那些女人拉扯，一来二去就让人说了闲话，说她之所以一把年纪没嫁出去，是之前在外面有了野种，没正经男人想要她。

春十三听到这样的传言，不响。那天何乘风已经能从床板上起来，走步到酒摊吃酒，于是就问，你不怕那些闲言碎语？你跟他们解释一下多好。春十三才终于第一次表明了自己的态度，她妩媚地笑了，说，我瞧不起他们，他们还不够格听我说话。

何乘风因为意志消沉的缘故，成了海半仙酒坊的常客。他一会儿觉得人生已经没有意义，自己简直就像一只蚂蚁一样，一会儿却又在清洌洌的同山烧中映出了自己往昔的峥嵘岁月，于是他觉得自己应该是一个豪情万丈的男人。他喝着喝着就泪流满面，每到这时春十三就一把抢下酒碗，酒壮尿人胆，你这尿人一点儿也没胆，反而爱哭。别哭了，你还能哭得过孟姜女？

于是何乘风的哭声显得更加昂扬，像风中的一面呜咽的旗帜。

何乘风在海半仙酒坊门口的酒摊上喝了几天酒以后，突然有一天，从镇上的酒楼叫来了一桌菜，在乘风镖局摆了一桌，又让何来胜把春十三请来，和镖局的一帮人围着桌子坐下。何乘风拎着那把锡酒壶，高高地举起来，盯着一桌人不说话。一桌人不知道老爷子葫芦里卖的什么药，总觉得仿佛有大事要发生，于是也噤若寒蝉的样子。何乘风终于放下了锡壶，突然宣布，自己决定解散乘风镖局。大伙儿还没回过神，何乘风又说，镖局里的兄弟们个个吃得苦做得事，希望春老板可以收留他们打个下手，赏碗饭吃。

春十三冷眼看着何乘风这尿样，想了想，说可以，反正酒坊也缺人。但是她只有一个条件，就是何来胜必须一起来。何来胜望着春十三说，我是有一百个鸿鹄之志的人，这样的人在长亭镇，不对，就算是在浙江省也很少见。

春十三就瞪了何来胜一眼说，你是不是屄了？让你到酒坊来你弄个鸿鹄之志做什么？

于是何来胜心一横，冷笑一声说，去就去，和大伙儿在一起，我仍然像个少镖头。豪气酒气我一身正气！

从此之后，何来胜从乘风镖局的少镖头变成了海半仙酒坊的伙计。清晨和夜晚练武，白天就在酒坊帮工，当然偶尔也偷点酒喝，所以浑身上下飘荡着酒糟的清香。于是，曾经繁华荣光、威风凛凛的乘风镖局，就只剩下萧条得像一张皮影的何乘风一个人。何乘风很享受这样的孤独，他习惯了在每天下午，在太师椅上坐上两个时辰。他盯着墙上那个巨大的"镖"字发呆，突然觉得，这个"镖"字像一个老人一样都快过世了。在漫长的时光里，他有时候觉得自己像一根木头或者一块墙脚的砖头。这样的时候他才突然明白，人老了就不值钱。而且人老起来是很快的，往往是你在睡了一个午觉醒来的时候，一边听着连绵的雨声，或者远处传来的狗叫，一边就匆匆地老去了十岁。

春十三从来都没把老头忘记，每天做了饭都会用小竹篮给何乘风送去一份。送完之后对何来胜说，老爷子的伙食另算，记账上。还有，你们虽然帮工，但是偷喝的酒钱另算，也记账上。

何来胜就觉得出头的日子几乎没有了，说，你真是精明，你简直就是一把活着的算盘。

春十三停下手中的活儿，侧过头来看了何来胜一眼说，不精明怎么做生意？

长此以往，何来胜在酒坊欠下的欠条越积越多，多到他自己都不记得究竟欠了春十三多少钱。这反而让何来胜把心一横，十分冷静地告诉正在井台边打水的春十三说，虱多不痒，债多不愁。水来土掩，兵来将挡。

春十三抬起头，那桶水就晃荡起波光来。春十三说，你说啥？

何来胜想了想说，我有那么多鸿鹄之志，我欠点儿债根本算不了什么。

/ 4 /

何乘风微凉而萧条的日子在他臃肿的眼皮底下，显得越来越漫长。

安顿好儿子和其他人后，何乘风的身体每况愈下。他望着何来胜青春勃发的身子的时候，目光里满是忧伤。在很长的时间里，他对着一把茶壶发呆，偶尔会想起年轻时候的种种往事。他怎么都想不明白，自己颓败成一根稻草，简直只用了一眨眼的时间。这让他觉得悲伤。在这样的绵长的如同秋风涤荡的悲伤里，很快他便起不了床了。春十三干脆便扔了酒坊的活儿，每天去何家照顾这个病入膏肓的老头。

春十三说，你要是想死，一定得死得快。你要是不想死，你就得好好活。

何来胜看看病恹恹的父亲像一团破败发黄的棉絮，被随意地扔在一张半新旧的太师椅上，心里有些过意不去，低着头对春十三说，谢谢你照应。

春十三回答，谢什么，你以后都得还！

何来胜想了想又说，你跟我爹说话，以后不要那么直接。

春十三回答，那拐弯抹角了说，你爹就能长寿？

春十三说这话的时候，池鹭春光站在房梁上，居高临下审视地盯着何来胜。它站在一堆白亮光线中，有风从它的羽毛上轻快地走过，这让春光有了一种清高的表情。它对何来胜这个窝囊的男人不屑一顾，于是它开始认真地梳理自己的羽毛。它觉得这人间真是太世俗了。

又过了一个月，病恹恹的何乘风终于在他的睡榻上去世了，像被风掀起的茅草房一样，颓败得一地都是碎草。临死前他仍然记得那天绵软的日光有气无力地打在他的床上的一角，照亮了那床被子的缎面上的一朵鲜艳牡丹。叫卖的声音隐约地传到了他的耳畔，让他觉得原来这才被叫作人间，而现在他就要跟人间告别。想到这里，他有一万分的不舍，觉得每一寸哪怕最苦的日子，都是甜的。他把那块纯金的腰牌交到何来胜手上，心想，他儿子这辈子恐怕既不能"乘风破浪"，也不会"劳苦功高"了。想着想着，何乘风索性就两腿一蹬闭了眼，那最后一丝游魂飘出七窍的时候，他奇怪地闻到了海半仙同山烧的酒香。

因为缠绵病榻很久了，何来胜心里是有准备的，所以他突然发现连流下一滴眼泪的力量都没有。在他垂着头默哀的片刻，一群道士穿着红红绿绿的道袍像仙人下凡一样赶来了。何来胜还是垂首立着，看上去有些像一棵刚刚种下的树。闻讯而至的春十三麻利地推开他，给道士们敬茶递烟，礼数周全。那个领头的道士张大丰这才和颜悦色起来，问，黄纸有吗？春十三忙说有，然后拿出一叠递过去。张大丰让春十三把先人和家中成员的生辰八字都给他，春十三一一写了。直到最后，春十三拉了拉张大丰，小声问能不能再替她写一张。张道士问，写谁？春十三在纸上写下三个字。

郭春光。张大丰道士小声念。生辰八字呢？

我不知道。要不就去年正月廿五吧。

去年的正月廿五，是春十三来到长亭镇落户的日子。

晚上春十三走到江边，她将那张带有郭春光名字和生辰的黄纸点燃，看着火光吞噬黄纸，迅速蜷成一团的灰黑色碎屑随着晚风吹进夜色中的江水中，像一只刚刚死去的鸢鸟。

江边的水不停地晃荡着。春十三对着江面怔怔望了一会儿，她的眼神和被烧化的黄纸一样在风中飘飘忽忽。一转身，她看见何来胜悄无声息地站在身后。于是，经过了漫长的对江景的观望，两人终于并肩在江边坐下。何来胜突然觉得屁股冰凉，地里的寒气直接接通了他的身体。

何来胜不说话，春十三就开始说自己连绵不绝的往事。她说她从前有个相好的，叫郭春光，两人爱得死去活来。那时她还在松江，郭春光是张作霖奉天左路军的人，跟着张作霖围剿陶克陶胡就没回来，后来听人说被陶克陶胡抓住点了天灯。春十三对他了解其实不多，只知道他是浙江人，再具体到是浙江哪里人就不知道了。于是她像一条瓜子船，从东北漂到松江，又从松江漂到了郭春光的故

乡。在正月廿五的那一天，她停泊在了长亭镇。走上码头
的那一刻，有细碎的风轻轻裹住她的身体，空气中有好闻
的味道。她觉得无比安宁，于是就想，一定是要住下
来了。

何来胜默默坐着，听春十三讲面目模糊的郭春光，直
到她的声音融化在一波又一波荡漾的水声中。后来两个人
对视了一眼，春十三叹了口气，将何来胜揽进怀中。

于是何来胜在春十三的怀里喑哑地哭出了声。

/ 5 /

何来胜下决心要习武报仇。他觉得如果自己不能报
仇，那简直就不是一个男人。于是他去海角寺找了杜小鹅
的师父唐不遇，说，我好不好当你徒弟？唐不遇照例在扫
着院子，最后他是看在杜小鹅的面子上勉强答应教他，
说，你应该这样问，你能不能当我的师父？

何来胜就笑了，说，那你说能不能？

唐不遇就叹了口气说，能。

唐不遇又说，我是看在杜小鹅的面子上说能。

唐不遇的武功掌多于拳，纵跃多于静守，姿势飘逸灵动。他就像一只仙鹤一样，飘来荡去。何来胜姿势笨拙，悟性又不高，刚学了三天，唐不遇就不干了，说我看走眼了，你不适合当我徒弟。就连一块木头也比你适合当我的徒弟。

何来胜冷笑一声，说不要做梦了，请神容易送神难，你收下我这徒弟，赖是赖不掉的。

唐不遇就叹了口气，最后说，你要是真想学武，还是去哎呀楼找八枝吧。不是我不肯教你，是我的武功实在不适合你的路子。

可怜的何来胜只做了唐不遇三天的徒弟就被逐出了师门。何来胜跪在海角寺的门口，磕了一个响头说，天涯何处无师父。

何来胜只得又去求八枝。

八枝是哎呀楼的一个三十多岁的妓女。她喜欢叼着一根细长的烟杆抽烟，仰起头叉着腰就对着天空吞云吐雾。她也喜欢倚在二楼的栏杆上嗑瓜子，那些瓜子皮上下翻飞，像一场雪片一样落在天井里。许多的姑娘在她身边小心谨慎地走过，生怕惊着了地上的尘土，生怕走路带起的风落在了八枝的身上。哎呀楼没人敢惹八枝，夸张地说，这人间就没人敢惹她。红尘滚滚哎呀楼，做生意完全靠的是道不尽的风流数不尽的温柔，唯有八枝例外，姿色平平还经常对从她身边经过的客人恶语相向，差不多敢把客人生吞活剥。事实上八枝也算不上是妓女，因为她从来就没有接过客人。她差不多把哎呀楼当成了免费的客栈。黄兰香之所以不敢把八枝赶走，是因为敬仰八枝是个武功高手。要是把八枝惹急了，八枝会把哎呀楼给拆了，把黄兰香给撕了。

八枝要是站在天井里，抬头一声怒吼，能把哎呀楼所有的瓦片都震落在地。

那天八枝依然靠坐在哎呀楼朱红色的美人靠上嗑瓜子，瓜子皮就从她薄薄的两瓣嘴唇里飞出来。何来胜从门口进来，径直走到哎呀楼的露天小天井里跪下，对着楼上倚着栏杆嗑瓜子的八枝高喊，八枝，求您教我武功。

那天下着小雨，哎呀楼的姑娘们桃红柳绿地在楼上的美人靠上凭栏坐了一排，像一群排列整齐的鹦鹉。她们静静地看着楼下天井里跪在雨中的何来胜。何来胜像一株被淋湿的美人蕉，青翠欲滴，十分新鲜的样子。八枝不说话，她把瓜子从中午嗑到傍晚，等她嗑完最后一颗瓜子，拍拍手，手腕上细细的镯子就叮叮当当响成一团。然后她一步一步地从楼梯上走了下来，缓慢而稳重。走路的时候，她仰头看到天边的一片黛青色，这让她的心头有了些微的安宁。

所有的妓女都看到，八枝摇摇晃晃地站在了何来胜的面前，用一只穿着缎面鞋的左脚脚尖勾起了何来胜的下巴，说，喂，男儿膝下有黄金。

我是来当您徒弟的。何来胜招手捋了一把脸上的雨水说，师父面前，徒弟的膝下永远没有黄金。

八枝说，我可以教你武功，但是你学成之后，只有两条路可选：一是必须打败杜小鹅，二是让我杀了你。

何来胜说，为什么要打败杜小鹅。

八枝说，我的徒弟，必须打赢唐不遇的徒弟。这是我和唐不遇之间的较量。

何来胜说，我只想打赢嵊县强盗钱大贵。

八枝说，真没志气。自称强盗的人，顶多是个小偷。自称大贵的人，顶多是个富农。

何来胜跪在地上又想了半天，八枝就伸手拍了拍他的脸说，你要是认了，你就磕个头。你要是不愿意，你就起身走人。来哎呀楼的男人要么站着，要么坐着，要么躺着，从来没有跪着的。

于是何来胜重重地在潮湿的石板地上磕了一个响头。

八枝笑了，说，从今往后，你就是我八极拳派弟子了。

那天黄昏，雨依然没有停，哎呀楼里的红灯笼一盏一盏升了起来。从何来胜的眼里望出去，八枝和哎呀楼里的姑娘们都是红色的，雨也是红色的。然后他转身离开了哎呀楼，走出大门的时候，八枝一直望着他潮湿的背影。一直到何来胜的背影完全消失在街头，八枝突然觉得有些怅然若失，那是因为她和唐不遇有着不共戴天之仇。她就是要打赢唐不遇，她也从不认为杜小鹅是个习武的天才。

八枝教何来胜习武的时候，喜欢一边抽烟，一边叽里呱啦地说话。她换上了一身短打，很精干的样子，然后喷着烟，看上去腾云驾雾，像八仙图里能看到的何仙姑一样。八枝教何来胜习武是在长亭镇码头的一片空地上，第一堂课，八枝就挥舞着烟杆对何来胜说，你一定要记牢，我的武功要比唐不遇厉害十万八千倍。文有太极安天下，武有八极定乾坤，我练的就是这定乾坤的八极拳。你不要看唐不遇花里胡哨的架势，那都是虚的。我们八极拳，顶讲究的就是一个"快"字，要猛起硬落，攻是攻，守也是攻，有隙即钻，见缝插针，见招拆招，以不变应万变，这才是学武的最高境界。被人牵着鼻子走的那叫什么？那叫耍猴。

何来胜其实啥也没听懂，愣在码头边一言不发，只觉得潮腥的江水味，随着江水的涌动，一浪一浪钻进了他的胸腔。太阳还没有完全升起，大地显得无比宁静清和以及美好，何来胜完全沉浸在江边的景色里。所以，他的精气神就在这种水草与泥土混杂的气息中，提了起来。

你想当猴吗？八枝喷出一口烟来，继续问。

这一次何来胜听明白了，大声说，我记着了：一，不能当猴；二，打赢杜小鹅，就等于是师父打赢了唐不遇。八枝听到何来胜这样说，随即咧开嘴大笑了片刻，突然又猛地止住了笑，厉声喝道：练！

何来胜是个能吃苦的人。每天清晨他都跑步去江边练功，每次八枝早早就等在了江边，像一座小型的灯塔似的，用烟杆上一星点儿火点亮何来胜赶来的路。八枝一遍一遍说，两脚不离地，八方任飘摇，八极拳下盘要稳，身正而扎实。八枝手上拿了根细长的竹竿，站在一边抽烟，看见何来胜脚步不稳便一竿子抽上去。嘴里说着，天底下就没像你这么笨的人，你要再这样笨下去，你就要笨死在码头上了。你这样笨，你怎么赢得了杜小鹅！胸不要挺，你又没有胸你挺什么挺？屁股不要撅，你当自己好看得很吗？你哪儿有屁股了？你简直长得已经不像是一个人了，连猪都不是，猪是能分辨好坏与东西的，你人不人猪不猪，这样下去会让人认不出来的。八枝的言辞犀利恶毒，她沉浸在了无边的骂人的快乐中。她叉着腰骂，挺着胸骂，坐在地上骂，骂得太阳就这样从江面上徐徐上升，金光万丈地照耀着长亭镇。

每天早晨练完了，下午八枝就让何来胜一个人继续练。何来胜将双手双腿都绑了沙袋，先绕着长亭镇跑一圈，然后他跳进正在涨潮的江水中练出拳；他还在家中的梁上挂下两只沙袋，不及肩宽，以肘部击袋，不让沙袋近身，再以两肩扛起沙袋，静止蹲立。再往后，八枝让他在家里墙上糊上一千张草纸，每天以弓步冲拳式往纸墙上打拳，一天三千拳。八枝是想让他练出一个"快"字，还让他在院子里安了一个木桩，不仅用拳、肘击打木桩，还需要用身体去撞木桩。何来胜就像一条发疯了的狗，嗷嗷怪叫着跟一个木桩过不去。要不就是吐着舌头在长亭镇周边窜来窜去。所有的人都知道，何来胜练功归练功，怎么练成了一条狗。

有时候练着练着八枝就喊停。八枝说，所谓八极拳，即行拳心内存八意。哪八意？警、慌、狠、毒、猛、烈、神、急。何来胜，你告诉我，你做到了哪一样？

何来胜在心里过了一遍，发现答不上来，于是又愣了片刻。八枝的烟杆就在他的头上重重地敲一记，怒气冲冲地吼，何来胜，你知道杜小鹅为什么学得快练得好？因为她有杀气！她想赢！没有杀气的人最后会变成什么样？想想安五常那个糟老头！你差不多就是年轻一点的安五常了，我看，你可以改名为何必败。

最后八枝警告何来胜，赢不赢得了那个钱大贵不关她的事，但要是最后输给了杜小鹅，她就亲手将练拳的沙袋绑在他身上，然后把他丢到江里喂乌龟。

最后八枝又用烟杆在他头上敲了一记说，我看你连乌龟都不如。

/ 6 /

何来胜练拳时，歪头陈有时会匆匆地赶来，坐在一边看拳。他一边看一边呵呵地笑，看到兴起时也会大声叫好，然后毫无章法地瞎比划一番。八枝对谁都凶巴巴，唯独不去理歪头陈。一来二去，何来胜和歪头陈更熟了，经常从酒坊偷些酒给他喝。

在疯狗一样练了三个月以后，何来胜再次来到嵊县大贵山。他的眼中露出两道精光，仿佛满身的精力要通过眼睛溢出来。那时，钱大贵又是刚刚做完饭。钱大贵酷爱做饭。他忙着在一只羊腿上撒盐巴，抬头看看何来胜，又低下头继续忙活，嘴里打着招呼说，你是掐着饭点来的吗？

在扑鼻的香气中，羊腿烤完，钱大贵扯下一大块肉扔给何来胜，告诉他吃饱了才有力气打架。吃完羊腿，钱大贵抹抹油亮亮的嘴巴，一脚踢翻桌子，说，来。于是何来胜沉肩垮腰，左足一顿，右肘猛地撞出。钱大贵一边闪避一边惊讶地说，八极拳？何来胜一语不发，肩催两手拳拳生风，旁人看来攻势凌厉急促，却分毫伤不了钱大贵。钱大贵还有空点评，八极拳讲究性情刚硬、心如铁石才能下拳狠辣，太极十年不出门，八极一年打死人，小子，你心肠软，练上十年都打不死人。说完一把抓住何来胜肩头，手一抬就要把他扔出去。何来胜微曲双膝，沉身凝气，钱大贵一扔竟没有扔出去。他咦了一声，手上加劲，于是何来胜终于像一个沉甸甸的麻袋一般飞了出去。

你又输了。

愿赌服输。

何来胜跪在地上，冲钱大贵磕了三个响头。这是他们早就约定好的。临走前何来胜说，我还会再来的。钱大贵不耐烦地挥了挥手，伸个懒腰歪在那张盖了虎皮的椅子上。

回到长亭镇，八枝向何来胜细细问了比武的细节，然后一烟杆敲到何来胜头上，说这招都没避开，猪脑子吗？看仔细了。

这大概就成了何来胜与钱大贵、八枝之间的一个惯例。每次何来胜去找钱大贵比武，回来告诉八枝招式，八枝再教他如何应对。钱大贵与何来胜的关系也在变化，渐渐地，每次何来胜去，钱大贵都会提前做好饭，等着他一起吃完两个人再动手。有时候钱大贵实在看不下去，会提前告诉他自己下一招，好让何来胜有所准备，或者告诉何来胜应该如何应对。一开始，何来胜总是不到被打得爬不起来不收手，但是养伤的时间太长，也耽误练武和比武，后来就每次点到为止，从上一次到下一次的比武间隔时间越来越短。

何来胜身上的沙包越来越沉，从截拿打挨练到截挤靠撼，他的反应越来越灵敏，出拳也越来越沉着。他可以整夜待在江边不停地练，几乎知道江水在每个时辰的变化和状态。

一年多之后，何来胜已经能在钱大贵手上过三百招而不败。八枝很满意何来胜的变化，觉得自己教徒有方，并督促他继续苦练，打败杜小鹅指日可待。

但是钱大贵总是在说，何来胜的八极拳只学了形却没学到神。何来胜问八极拳的神是什么，钱大贵上上下下打量他，摇摇头，说我小的时候见过王锡庆打八极拳，那老头打起拳来就是一副有去无回的架势，你没有这气势。

当何来胜再一次灰溜溜回到长亭镇时，一眼看到歪头陈正在教一帮小乞丐念诗。念的是宋人陈与义的《临江仙》：

忆昔午桥桥上饮，坐中多是豪英。

长沟流月去无声。

杏花疏影里，吹笛到天明。

二十余年如一梦，此身虽在堪惊。

闲登小阁看新晴。

古今多少事，渔唱起三更。

歪头陈一边念诗，一边流泪。流着流着忽然就一抹眼睛，大骂一声，革命革命，革你奶奶的命！然后就手舞足蹈，拳打脚踢，小乞丐们呼啦一下散开，一齐欢呼，快看快看，歪头陈又发疯啦！

何来胜喊道，歪头陈，走，我请你喝酒。

歪头陈揉揉满是眼屎的眼睛，说好啊，喝酒，一醉方休。

何来胜带着歪头陈到海半仙酒坊，一脚踢开门说，上酒。春十三刚好在院子里，她把一壶酒往院中的八仙桌上一顿，随即又回转屋里，变戏法似的端出三盘菜，一盘牛肉，一盘花生米，一盘豆腐干，说，喝！

于是何来胜就和歪头陈对坐着开始喝。酒香和酒气就在他们的头顶上盘旋着。春十三不时地往这边看，歪头陈就对何来胜说，你告诉她，现在我们不是在喝酒，我们是武林高手在切磋武术。

何来胜想了想，就对春十三说，你可以走开了，小心武林高手一发功，你这酒坊的房子就塌了。

两个人接着喝。歪头陈喝着喝着突然跟他说，你跟八枝学八极拳，学不出来的。八枝那个丫头，眼界窄心眼小，教出来的徒弟也没出息。

何来胜望着歪头陈胡子上挂着的亮晶晶的酒水，不由一愣。

歪头陈眯着眼睛问，八极拳的十六字诀是什么，说给我听听。

上打云掠点提，中打——

呸。歪头陈鄙夷地看着他，你师父没教你吗？八极拳的十六字诀，听好了：忠肝义胆，以身作盾，舍身无我，临危当先。这才是八极拳的真谛。

歪头陈继续说，八极拳讲究的是心志坚定，一往无前。光比狠就是八极拳了？那你狠得过红毛子吗？红毛子那都是吃人肉，喝人血的！小子，武学博大精深，子弹杀人，血肉模糊，可是让太极高手杀人，一掌下去不见血，骨头已经被拧成三截。

何来胜不敢置信地望着歪头陈，几乎以为他是个深藏不露的武林高手。

歪头陈说着就要站起身来给何来胜比划，喂，小子，我给你看真正的八极拳！他一拳打到何来胜的胸口，脚下却被椅子腿一绊，连人带椅子栽倒在地，接着就打起了呼噜。

何来胜还是没回过神来，抬头看见春十三正怒气冲冲地看着自己说，请你把地上的武林高手带回去。

何来胜赶紧一把扛起歪头陈，跌跌撞撞地将他送回桥下。刚刚跨出门槛，何来胜就摔倒在地上，而歪头陈更是哇的一声吐了一大堆。闻讯赶来的几条狗狂吠起来，它们将地上的歪头陈紧紧地包围了。

/ 7 /

何来胜其实不太爱动，除了去哎呀楼看书外，何来胜另一大爱好就是下棋。哎呀楼里所有姑娘的棋艺都得到过何来胜免费的指点。何来胜武功不是一流的，棋艺却是公认的好，整个长亭镇下得过他的也就是蕙风堂的掌柜安五常，所以他也经常去找安五常下棋。

不过他去找安五常下棋是存了私心的。他主要是想去看明媚的杜小鹅。何来胜是个喜欢猫的人，院子里就养了一条瘦骨嶙峋的黄猫。他在看到杜小鹅的第一眼，就觉得杜小鹅也像猫，那种机灵的、小巧的，聪慧又谨慎的小野猫。每次在里屋下棋，他眼睛盯着棋盘，耳朵却注意着外面的动静，听她来回地走动，听她招呼客人的说话和笑。他主要是想杜小鹅两条匀称的腿，他想，这两条腿是怎么样像一朵飘动的云一样走路的？

后来何来胜去江边练功，也偶尔可以看见同在那里练功的杜小鹅。杜小鹅像一头生猛的小兽，在江边清晨的薄雾中灵巧地翻转腾挪。他很喜欢看杜小鹅练功，他发现这具年轻小巧的躯体竟然可以这么柔韧，这么有力量，可以这么美。何来胜想，杜小鹅简直不是人，杜小鹅是个仙女。

何来胜又想，师父八枝命令他，必须打败杜小鹅。

渐渐地，每次看着杜小鹅练功，何来胜就觉得江里的水开始涨潮，慢慢淹没了自己的双脚双腿，再漫延到腰，最后到心脏。江水一边涨，一边一波一波地荡漾，温柔地拍打着他的心脏，拍一下，心脏便悸动一下，再拍一下，心脏就停跳一下。久而久之，何来胜的五脏六腑都快要化进水中。

只要脑海中出现杜小鹅的画面，何来胜甚至在练武时动作都会轻灵起来，脚步都会飘逸起来。这让八枝很生气，呵斥他这是八极拳，不是八卦掌，想练八卦掌找唐不遇。

那天练完功，何来胜又去了蕙风堂。同安五常下棋的时候他就在想八枝说的话，八枝最后一定会逼自己跟杜小鹅比武，自己到底是赢她好呢还是不赢她好？赢了杜小鹅肯定不高兴，输了八枝就得把自己扔到江里，可他实在也不想死。

他心里想着，下棋就有些心猿意马，很快，棋盘上就一片凋零。

安五常奇怪，盯着他的眼睛说，你有心事。

何来胜摇头。想了想又抬起头对安五常认真地说，我也不知道为什么，我好像看上杜小鹅了。

安五常就呵呵一笑，说，你不用担心，小鹅看不上你的。

何来胜就有点不服气，问，为什么？

安五常笑笑，将手中的相飞过一个"田"字，答非所问地说，将军。

注意到何来胜心猿意马的不止安五常，还有海半仙酒坊里的春十三。春十三不声不响地提了三壶酒来到蕙风堂，看到杜小鹅时弯着眼睛笑了一下。这种笑容是春十三精心准备过的。她是外乡人，她喜欢何来胜，她是个比杜小鹅美貌也比杜小鹅有风情的女人，这三个条件加在一起让她不得不想出一个得体的办法，出手既不能太重也不能太轻，既不能太亲切也不能太疏离，既不能太风刀霜剑也不能太春风十里。

她把三壶酒放到杜小鹅面前，说我来找你做药酒，这几种药酒的名字分别是何来胜、春十三，还有杜小鹅。

那天晚上何来胜回到家，拿了本书舒舒服服地坐在椅子上，院子门却被一脚踢开，进来的是杜小鹅。

杜小鹅开门见山地问，听说你喜欢我？

何来胜乐了，我一个有着一百个鸿鹄之志的人，喜欢你怎么了？

杜小鹅又问一遍，怎么个喜欢法？

喜欢得……地动山摇。何来胜想了想，觉得这个成语不妥，于是改口说，喜欢得肝脑涂地。

可是我已经有丈夫了，你能比我丈夫好吗？

何来胜想了想，诚实地回答说，不能。

那你拿什么喜欢我？

何来胜手里拿着《金瓶梅》，摊手摊脚地坐着。他看着站在自己面前的杜小鹅，杜小鹅神情严肃。

何来胜不假思索地说，拿命。

杜小鹅无声地看了看他，最后扭头出门。临走前告诉他，你别喜欢我，我不差你这一条命。

半个月后，杜小鹅将泡好了的药酒送到了海半仙酒坊。

"春十三"颜色清透，放了山药、枸杞、黄芪、当归等药材，口感辛辣；"何来胜"颜色鲜红，里面放了清热解毒的西红花、田七、当归及苏木；"杜小鹅"只加了苦艾一味药。

杜小鹅看着春十三，笑着说，春老板，酒送来了，你尝尝。

春十三撩了撩头发，脸色从容，内心却在一瞬间凄惶起来。

她觉得自己无聊透了。

/ 8 /

何来胜突然发现，"革命"一夜之间变成了一个相当摩登的词。

蕙风堂的少公子安必良将武昌战火燎天的景象带回了平静的长亭镇。他总是穿着挺括的制服，在人多的时候挥舞着手臂大声说，大革命就要开始了，我们要迎来一个天翻地覆的变化。大部分人听了之后都沉默着面面相觑，长亭镇的人不太能领悟变化的含义。只有私塾里的孩子跟在安必良的后面问，安公子，什么叫变化？是不用再念书了吗？是先生不能再打手心了吗？

安必良没理会这群小兔崽子，事实上安必良也很少理会长亭镇的普通百姓。他摩拳擦掌，每天都红着一双小眼睛处在狂热与兴奋当中，每天出入于长亭镇的大户人家，游说他们以大局为重，一定要出钱。他也找过何来胜，因为在他眼里，如果长亭镇有谁是可以理解他的，那么就是何来胜了，因为他上过洋学堂，甚至看过《伦敦蒙难记》，各种迹象都说明何来胜实在是有革命的潜质。他拉着何来胜说，你不应该再练武了，练武有什么用，难道你的拳头打得过炮弹？难道你的胸膛抵挡得了子弹？你应该跟我一起去革命，革命，革命！何来胜笑笑，问什么是革命。杜小鹅抢着说，革命就是让老百姓不怕任何人！何来胜问，你怕谁？杜小鹅张了张嘴，似乎答不出来，说，我好像天不怕地不怕。安必良就有些痛心地说，何来胜，你不要钻牛角尖。革命是要推翻腐朽的清政府，让所有受压迫的人翻身做主人。你看哎呀楼的姑娘们，长年受到黄兰香的压迫，我们就要帮她们摆脱这种命运！何来胜摇了摇头，他觉得哎呀楼的姑娘每天都很快乐，并不需要革命。

何来胜没想到钱大贵会来长亭镇。那天他正在海半仙酒坊的后院蒸酒，冷不丁就听到有人一声大喊，何来胜，你老朋友来了！出门一看，钱大贵正站在酒坊门口。钱大贵剃了头刮了胡子，何来胜问，你来见我就来见我，搞这么隆重干什么？

钱大贵随便抓起一个客人的酒碗，咕咚喝了一大口，说，你以后别再神神道道地找我比武了。我来跟你道个别。老子要去打仗了。

打仗？去哪儿打仗？

不知道，我兄弟王金发去哪儿我就去哪儿。

你兄弟不是叫杜心五吗？我耳朵都被杜心五磨出茧子来了，但从没听你说过王金发。

王金发是我断头兄弟，杜心五是我生死之交。

何来胜由衷赞叹，听上去你是强盗里面最豪情万丈的那个。

钱大贵说，上次何来胜临走前答应给他带两坛海半仙的同山烧，现在他要去投奔王金发了，就不劳何来胜再送到大贵山，他亲自过来喝掉。

何来胜立刻让春十三拿两坛酒过来。春十三把酒坛抱在手上打量了钱大贵半天，冷冷地说，卖光了。何来胜指着店里其他客人说，明明他们都在喝，他们喝的是白开水吗？

春十三沉着脸，也不管客人喝没喝完，挨个桌去收碗。有的客人酒碗还在手上，她不由分说一把抢下，边收边说今天不卖了，走走走，赶紧走。

钱大贵眼睛一瞪，一拍桌子就要发作，何来胜赶紧拉住他。等客人们发着牢骚走光，春十三才一指钱大贵问，他是谁？

何来胜回答，他是钱大贵。

春十三又问，钱大贵是谁？

钱大贵哼了一声，老子是嵊县大贵山的强盗头子。

春十三寸步不让地继续问，何乘风的镖是你劫的？

是老子劫的。

每次把何来胜打个半死的也是你？

正是。

春十三把手上的酒碗往桌上重重一放，怒道，那你还想喝我们的酒？

钱大贵愣了愣，然后对何来胜嘿嘿一笑，说闹了半天她是在替你出头。她拿什么替你出头？

酒坊里的伙计有好多是原先乘风镖局的，都认识钱大贵，见了他个个怒目而视。

何来胜向春十三和其他人解释，说我打不过他，那是技不如人，我爹打不过他，也是技不如人。他劫了我爹的镖打伤我爹，我打赢他把镖抢回来，等他以后也下到地里去了，在那头给我爹赔不是，两边就扯平了。

钱大贵也说，没错，报仇归报仇，喝酒归喝酒，只要他打得过我，别说那车倭瓜，老子连脖子上这颗脑袋瓜一起赔给他。

春十三觉得这两人简直莫名其妙，明明是对头却要坐下来一起喝酒。她不管何来胜如何说，死活都不愿把酒给钱大贵。最后钱大贵不耐烦了，一脚踢翻一张椅子，说难得老子不想做强盗，你们还偏不给面子。他一把推开两个伙计，一手一个酒坛抱起就走，嘴里大声招呼何来胜跟上。

何来胜心想，强盗果然都是被逼上梁山的。他抱歉地看了一眼春十三，亦步亦趋地跟着钱大贵走出酒坊。看到何来胜的身影在大门口不见了，春十三才收回目光，转头骂伙计，你们为什么不拦住他？这半个月没工钱！

何来胜和钱大贵在江边找了块地方坐下。钱大贵从怀里掏出一个油纸包，他是有备而来。油纸包里是熟牛肉，两人就这么就着牛肉对着江水喝起酒来。

在漫长的吃肉的过程中，两人一开始无话。过了一会儿，何来胜问，为什么要劫我们的镖？不过一车倭瓜而已。

钱大贵奇怪地看了他一眼，问，你是真不知道还是假不知道？

何来胜真不知道。钱大贵摆了摆手，说不知道算了，等你打赢了我就知道了。

何来胜又问，你是要去革命吧。

钱大贵一按他肩膀，你也跟我去？

你知道革命是什么吗？

当然知道！钱大贵豪迈地说，革命，就是以万千群众之力量，刮起一阵可以将天掀起的飓风，以后这大贵山不仅是我的天下，更是嵊县每个父老乡亲的天下！

何来胜想了想，问，飓风的飓你知道怎么写吗？

　　钱大贵被问住了。比划半天比划不出来，他不耐烦地挥挥手道，这不重要，重要的是会拿枪，会打仗，敢杀人，敢拼命。

　　那革命是谁领导的，你总知道吧？

　　是我兄弟王金发。他是嵊县人。

　　王金发的领导呢？

　　是秋瑾、徐锡麟。

　　他们已经死了好几年了。

　　对，他们已经死了。

　　何来胜叹了口气，说，你记住，是孙中山和黄兴。不然你到死都不知道是为谁死的。

　　钱大贵不满地皱起眉头，老子管是谁领导的，老子才不是为他们两个去拼命，老子是为了王金发。

　　何来胜笑了，对，为了王金发。

　　至于王金发又是为了谁，这个问题只在钱大贵脑子里闪了一下。钱大贵喝得大醉，四仰八叉地在江边躺成一个"大"字形。这时候，何来胜远远地又听见歪头陈在发疯。歪头陈高喊着，男儿要当死于边野，以马革裹尸还葬耳，何能卧床上在儿女子手中邪？

在歪头陈慷慨的喊声中，何来胜也躺了下来，躺在岸边那冰凉的空地上。他眼中望着无边无际的天空，突然想到，成百上千年来，这个码头上演过多少次春天？

第二天早上，何来胜在岸边醒来，江雾茫茫，钱大贵已经走了。何来胜就坐起身来，怅惘得像失去了一件心爱的东西。很久以后，何来胜才慢吞吞地起身，他觉得这雾真大，大到看不到一丈开外的人影，大到像是走进了一个梦境。

安必良偷偷摸摸地在镇上的学堂里搞了征召报名点，想要去革命的都到他那里报名。杜小鹅和镇上许多青年都去了。那天在吃饭的时候，杜小鹅同安必良有一搭没一搭地说话，杜小鹅话里的中心思想是，我也想去。安必良放下饭碗，郑重地看着他父亲的这位年轻的老婆，说，我支持你去，革命需要你这样的人。安五常不说话，仍然慢条斯理地为自己舀了一碗萝卜汤，慢条斯理地喝完了那碗汤。等到安五常放下饭碗，担心的目光就落在了杜小鹅的身上。杜小鹅笑了一下，说，不用担心。

安必良又去游说何来胜，扬着那张报名表，说你看我们镇上的谁谁谁都去了，你还不应该去吗？作为知识分子，你难道不该为我们的国家做出贡献吗？何来胜望着那些名单，他很疑惑那些名单上的是不是都知道自己要去干什么。

杜小鹅和镇上的几名年轻人，一起在码头乘船离开了长亭镇。消息传到何来胜的耳朵里时，何来胜正在海半仙酒坊干活。他听几个伙计在议论安必良竟然让自己年轻的小妈今天早上去训练营了，这个天杀的杀坯真是什么事情都做得出来，安五常这个老乌龟也不管老婆，也不管儿子。听到这个消息时，何来胜就停下手中的活儿，在地上坐了下来，发了一会儿呆。春十三就远远地看着他，春十三突然觉得，何来胜是动了心思了。她一脚把地上的一只装高粱的麻袋踢开，说，都干活！

那天酒坊收工，何来胜去蕙风堂找安五常下棋，安五常一眼看出他有心事。何来胜其实在想安必良时常挂在嘴边的那三条主义，他对其中的一条是完全不同意的。何来胜容易钻牛角尖，一旦觉得那条主义不成立，他便觉得整个革命的动机就不那么靠得住。

何来胜想了一会儿，小心地问安五常，汉人和满人，区别真有那么大吗？我在街上倒是分不出来。

安五常淡淡地说，你读那么多书都不知道，我又怎么会知道。

真正让何来胜下定决心去南星桥秘密训练营的，反倒是歪头陈。几天以后的一个中午，歪头陈摇摇晃晃地找到他，对他说，何来胜，你必须去南星桥，你要保护杜小鹅。你要提防一个叫蔡藏盛的人，他会杀了杜小鹅。

歪头陈，你到底是谁？

你别管我是谁。

那我为什么要相信你？

因为我让你保护的人是杜小鹅。

歪头陈说完就走了。有路人看到他跟他打招呼，歪头陈不理他们，疯疯癫癫地念叨，诗界千年靡靡风，兵魂销尽国魂空……

何来胜就是那天在看到歪头陈的背影完全消失在自己

的视线里时，才决定去南星桥的秘密训练营的。他去向春十三辞行，春十三正在院子里用火钳烫自己的头发，她弯着腰，像一只年轻的大虾。然后她一边烫头发一边侧过头来前后左右地看，边看边说，你就算去月亮上也可以，先把欠下的酒账给结了，一共一百张欠条。

何来胜说，我还不出来。

春十三冷笑了一声，欠债还钱，天经地义。还不出来就得留在海半仙酒坊，做我的伙计还我的债。这才像个男人。

何来胜想了想，说我家那块腰牌不是还在你那里吗，拿那个抵债好了。

春十三提高了声音，何来胜，革命是要死人的！

不革命人也会死。

春十三说，何来胜，我不许你去。

春十三又说，何来胜，你到底是为了你爹的那车倭瓜，还是为了阴魂不散的杜小鹅？

何来胜忽然答不上来了。

春十三眼圈一下子红了。她走到何来胜身边，小声恳求，不要去，不要去。去了真的会死的，你不知道打仗究竟有多可怕。

何来胜将春十三的手从自己手腕上掰开走出门的时候，听见春十三拖着哭腔的怒骂，短命鬼，去了就别回来！一个个都去找死，全都是短命鬼！

何来胜大步流星地往回走着，春十三的声音就被他远远地抛在了身后。风急促地吹着，吹进他的骨头，他整个身体就突然有了力量，骨头咯咯地响了几下。然后他越走越快，他突然明白了，春十三问他到底是想去干什么，他其实也不是十分清楚，但是他知道心里有个声音在胸腔内冲来撞去，到训练营去！

前往南星桥的船在天刚刚擦亮时就出发。他们从还未睡醒的长亭镇出发，驶向杭州。站在船板上，透过凌晨的薄雾，何来胜看见有个女人慌慌张张地向码头跑来，那是像一只野兔一样的春十三。春十三跑得跌跌撞撞，最后干脆将旗袍撕开，脱下高跟鞋跑上码头。她的头发还停留在昨天用火钳烫了一半的样子。她的身后，那只叫春光的池鹭高一声低一声地鸣叫扑腾着飞过来，和春十三一样跌跌撞撞。何来胜的耳朵里却是灌满了哗哗的水声，船撞开了薄雾，往江心驶去。何来胜看着站在码头上的春十三萧瑟得像一张风中飘荡的皮影，离自己终于越来越远。

直到春十三的人影小到看不见，何来胜还在盯着那个方向，心里非常歉疚。

忽然，一只池鹭穿过雾气飞到何来胜面前，停在船舷上，嘴里竟然叼着那块"乘风破浪、劳苦功高"的镖局腰牌。它长长的喙一松，腰牌掉在甲板上。何来胜捡起来，他看到池鹭拍拍翅膀，贴水飞行而去。

/ 9 /

很多年之后，何来胜回想起当初的南星桥训练营，首先想起的是空气中久久挥之不去的茶香味。后来何来胜才渐渐醒悟过来，茶香或许只是一个模糊的幻觉，因为作为营房的那个废弃的茶厂，已经很久没有再存放过茶叶了。

喝茶是闲暇时的消遣，而训练营里的每一个人似乎都肩负着国家的兴亡，他们走起路来脚下生风，他们说起话来像在放鞭炮，他们压根没有时间泡茶。

他们每天的功课先是出早操，然后就是格斗技巧和射击训练、队列训练，每天都要开会，安必良经常给他们做训诫演讲。安必良总是穿着一身笔挺的制服，站在木头搭起的一个高台上慷慨激昂。他扬着手中的武装带说，责任！荣誉！国家！他每说一遍，就要让台下的学员们跟着他大声重复一遍。何来胜其实不喜欢大声说话，安必良让他们喊时，何来胜就站在最后一排，看着眼前的学员们呐喊着挥动手臂，像一条条被冲上岸的鱼，激昂又盲目地热血沸腾着。那些沸腾的声浪，像泡沫一样在何来胜的耳朵边浮浮沉沉。

在南星桥训练营主要管理新兵学员的是一个叫黄金条的教官和另一个叫袁水娟的女队队长。那天，何来胜看到开丝厂的邹老虎送儿子邹志国过来，他把邹志国往黄金条面前一推，说，家里有女人护着，放不开手脚管教。他告诉黄金条，尽管教，不把他教出个男子汉的样子别让他回长亭镇。说完邹老虎异常决绝地走了，留下文绉绉的儿子邹志国羊入虎口。那天何来胜也站在人堆里，他突然发现，邹老虎就是那个乘风镖局走丢了镖的客户，何乘风把邹老虎的一车倭瓜给弄丢了。何来胜看着邹老虎离去的背影，突然觉得惭愧万分。这时候何来胜听见黄金条手下的一个老兵嘿嘿一笑，大声问围观的老兵们，新兵是用来干什么的？老兵们齐声大吼，用来欺负的！其他人一拥而上，三下两下就把邹志国那身价格昂贵的西装给扒了。黄金条也不阻止，叉着手站在旁边看笑话。

何来胜那天拨开了人群，推开了几个老兵，搂住了邹志国的肩膀，转头对黄金条说，给我一个面子好不好。

大家都哄然大笑起来。何来胜看到黄金条也在前仰后合地笑，笑完了黄金条说，你是谁？

我是何来胜。

黄金条说，好，给你何来胜一个面子。你以后也得听话。

有一天，何来胜刚洗完澡回到营地，学员们正闹哄哄地围成一圈，最前面站着黄金条。何来胜走近一看，邹志国浑身是血被挂在树上，嗓子已经叫哑了。何来胜皱起眉，说，你们过分了。黄金条看了他一眼，笑着说，这小子晕血又恐高，得治，不然怎么打仗。邹志国眯着眼睛有气无力地叫唤着，鼻梁上架着的那副毛源昌眼镜早不见了。何来胜觉得他像一只快被冻死的猫。

何来胜只当看不见黄金条，要把邹志国给放下来。黄金条上前两步拦住了他。黄金条身高腿长，一身水绿的制服穿得落拓又潇洒，他松松垮垮地站在何来胜面前，似笑非笑地说，姓何的，给过你面子了，也同你说过的，你要听话。何来胜也笑了，说，听话可以，但教官也不能欺负人啊。黄金条耸耸肩说，对，你说对了，教官的任务，一是教新兵，二就是欺侮人。说罢，黄金条爆发出一串刺耳的大笑，接着围观的人也都摇头晃脑地大笑起来。

一个老兵对何来胜说，你是想讲理吧？训练营不讲理。

另一个老兵说，教官让你听话，你到底听不听话？

何来胜其实并没有太把邹志国放在心上。他不愿得罪教官，本来想就此息事，不经意地转头时看见杜小鹅站在人群中。杜小鹅也在淡淡地笑，一双眼停在黄金条身上。何来胜看出了那双眼睛里不一样的晃荡着的东西，他有一瞬间的不可置信，然后一阵无名的怒气驱使他一把推开黄金条，大步上前解下了邹志国。

围观的学员们更加兴奋。人总是喜欢对抗，所以他们学武，所以他们革命。黄金条被驳了面子，脸上有些挂不住，上前就要掰他的肩膀。何来胜提气耸肩，身子微低，一肘将黄金条撞得连退数步。

动手？黄金条踉跄站稳，脸上有了些许怒色。你不怕死吗？

谁死还不一定呢。

何来胜和黄金条打了个不相上下，打到最后两人已经完全没有章法，几乎就是街上最常见的斗殴，滚得一身尘又一身土。这场比武因为女队队长袁水娟的到来而终止。袁水娟皱着眉头看着他们，很不高兴地说，瞎胡闹。她责备何来胜目无长官，又指责黄金条为师不尊。袁水娟严肃地说，广州正在紧锣密鼓地准备即将到来的起义，暴风雨就在眼前，现在所有人都应该紧张起来。广州起义之后，革命的烈火将烧遍全国。

学员们在袁水娟即兴的演讲后三三两两地散去，邹志国亦步亦趋地跟着何来胜，何来胜不耐烦地说，你别跟着我。顿了顿又说，赶紧去医护所看看，别血流光了死得不明不白。邹志国小声说，那不是我的血，是黄教官泼了我一身猪血，他想治我的晕血。

何来胜于是更加生气，生自己的气。

/ 10 /

谁也没有想到，这个晚上南星桥会发生一场大事。

晚上十一点，何来胜被窗外一阵喊叫惊醒，有人在扯着嗓子唱戏。何来胜翻了个身，猛然觉得这声音似乎是歪头陈的。他越听越像，起身下床，摸黑循着声音往外走。路上碰见出来查探情况的黄金条和夜间在营区巡逻的女队学员，杜小鹅也在其中。

歪头陈正在南星桥训练营的大门外大叫大嚷。见到有人出来立刻闭了嘴，然后说了一句让众人都愣住的话。他说，快跑，有人来抓你们了。

杜小鹅知道他是长亭镇上住桥洞的流浪汉歪头陈，于是对黄金条解释，没事儿，这人是疯子，平时就疯得不行。

大家都不相信歪头陈，黄金条不耐烦地让学员先把老爷子架进训练营，说别在外面瞎嚷嚷。歪头陈出乎意料地固执起来，他不停重复，快跑吧，有人来抓你们了。

匆匆赶来的何来胜知道歪头陈其实是不疯的。他拦住众人，让歪头陈解释怎么回事。歪头陈说，他偷偷去团总马当先家里捡垃圾，听到马当先在安排人手，说是要驰援，绍兴、诸暨、嵊县、上虞都抽人了，今夜就会有人来捉南星桥的造反派。

众人一听，都面面相觑。马当先是浙江府署巡抚增韫的远房小舅子，从他那里得到的消息十有八九是真的。黄金条和其他教员商议后，决定让几名教员摸黑去探查，并先让学员们带着重要物品撤到山上。

没过多久，教员们匆匆回来，证实了歪头陈的报信，确实有一队清兵正在向南星桥秘密营地行进。一时间南星桥一片凌乱，学员们纷纷开始手忙脚乱地收拾东西，最重要的是要把能证明身份的物件统统带走，带不走就销毁。

凌晨一点，学员撤离完毕，教员们在安排武器和弹药运输。学员们被分成了几个小队，分别由队长管理。何来胜那一队的队长是杜小鹅。众人在山林里藏好了自己。忽然，邹志国脸色惨白，说他还有份名册夹在书中没有拿出来，那是之前黄金条让他统计做学员制服的信息。

这时从山上望下去，借着月光，众人看到一队又一队的穿着军服的清兵正摸进训练营营地。

来不及通报教官，何来胜说他去把名册抢回来。杜小鹅没能拦住他，想了想跟上了他，对身边的人说，谁也不准乱动，等着我们回来。

两人偷偷摸下山，这时清兵已经发现训练营空了，正在检查遗留物。训练营背面是钱塘江的支流，邹志国住的宿舍恰好是距离钱塘江最近的那一幢，宿舍有三层，邹志国住二层。杜小鹅与何来胜避开清兵，攀着窗户跃进二楼的盥洗室。杜小鹅刚要推门，何来胜一把拉住她。从门缝漏出的影子明显可以看出有人守在盥洗室门口。何来胜听到了杜小鹅细微的呼吸声，这是他最近距离和杜小鹅待在一起，他想了想说，杜小鹅。杜小鹅看了何来胜一眼，觉出了何来胜的异样，于是说，什么事？何来胜说，我就叫你一声。然后何来胜趴在门上听门外的声音。盥洗室在走廊中间，邹志国住最右边，从声音上听出来，搜查的清兵离最右边已经不远了。两人正想对策，身后一声轻响，何来胜条件反射一拳向后打去，出拳后才看清来人竟然是歪头陈。歪头陈看起来一点都不疯了，闪身躲过何来胜一拳，凑到门上仔细听了片刻，随即皱着眉头看他们。

何来胜在地上写了几个字，杜小鹅立刻摇头。何来胜的计划很简单，他和歪头陈两人同时冲出，往走廊左边跑，杜小鹅就趁清军不注意潜进邹志国的房间把名册拿出。方法简单粗暴，何来胜和歪头陈两人无疑就成了炮灰。何来胜望向歪头陈，歪头陈微一点头，何来胜突然一掌将杜小鹅推到角落，歪头陈开门的瞬间两人同时出手，何来胜一拳打晕了左边的守卫，歪头陈咔嚓一声拧断了右边守卫的脖子。两人不等清军反应过来，蹿出盥洗室后就地一滚就往左边走廊跑去。身后清军有人开了两枪，一颗子弹擦着何来胜的头皮飞过。迎面又是两个清军守卫，歪头陈和何来胜都出手如电将对方击倒，第三对清军守卫已经迎面端起了枪。何来胜一脚踹开边上宿舍的门，歪头陈闪身进入，两人七手八脚地将门闩住。

此时杜小鹅知道机不可失，眼见最后两个清兵在盥洗室草草扫了一眼就向何来胜方向追去，她立刻蹿出，几步奔进邹志国的宿舍，身后传来的枪响几乎让她喘不过气来。如此近距离的射击，再窝囊的清兵绿营军射偏的可能性都很小。枪声停息，接着传来砸门声。她抓紧时间找到那份名册，拿出随身携带的火柴直接烧掉，接着吹走灰烬，身子一低钻入了床底。

奔逃的过程中，歪头陈中了两弹。他一把抓住何来胜，急促地说，小子，你记住，你得找到蔡藏盛，他也参加了革命。宿舍门眼看着就要被撞开，何来胜向外望了一眼，下面是滔滔的钱塘江支流。何来胜说我们现在只能一起跳下去，说不定能活下来。歪头陈摇头，随即厉声叮嘱他一定要找到蔡藏盛，如果让蔡藏盛杀了杜小鹅——话没说完，门已经被一头撞开，枪声响起的同时何来胜跳出窗去。清兵急忙冲到窗边，对着茫茫夜色中的江水射击。

/ 11 /

清晨清军搜索完所有营房宿舍和办公室，没有找到任何有价值的东西，只打死了一个老头，另一个人摔进江中，江水湍急，想来也是活不成了。清军扑了个空，一气之下一把火将南星桥秘密训练营烧了个干净。杜小鹅早就在夜色中趁乱回到了山上，她知道歪头陈被打死，何来胜却不知踪影。在杜小鹅的坚决要求下，黄金条安排学员沿江寻找，打捞了三天也没有捞到何来胜，最后是黄金条将杜小鹅拖上了岸。黄金条照例是要写信告知何来胜在长亭镇的亲属的，因为何来胜没有亲属，所以就写给了海半仙酒坊的春十三。杜小鹅拦住了他，说不用写了，她要亲自去通知。

黄金条说，你这样一个人回去，我不放心。

杜小鹅说，不要你管。

杜小鹅随即就动身了。前往长亭镇的路上，她心里什么都没有想，空荡荡的一片。她就是觉得，一个叫何来胜的人没了。打开酒坊的门，春十三看到门口站着的脸色苍白的杜小鹅就明白了。她以前有过一次这种经验，那就是郭春光带给她的。杜小鹅一下跪在春十三面前，她没有告诉春十三何来胜是为了保护她而去引开清兵，只说是自己失误导致何来胜摔入江中，她杜小鹅欠何来胜一条命，只是现在还不能还。等她办完几件重要的事，一定把命还给春十三。

春十三咬着牙说，如果你死了何来胜能活回来，我一定杀你一百次。

春十三又说，你走吧，我不要你还。

一旁的伙计们，其实都是从乘风镖局过来的保镖，听到这儿几乎所有的人都流下了眼泪。春十三说，哭什么哭？你们少镖头没了，人死不能复生。去买喜烛、喜帕来。我要嫁人。

那些伙计一愣，都不知道她在这个时候要嫁谁。

春十三说，我要嫁何来胜。

春十三和何来胜成婚的消息瞬间传遍了整个长亭镇。这个婚礼奇怪得很，说是冥婚，可新娘子凤冠霞帔，活生生的美貌可人；说不是冥婚，可新郎官何来胜掉进钱塘江支流，十来天没捞上来，早就淹死了。春十三看上去倒是镇定得很，请哎呀楼的八枝坐高堂，因为她是何来胜练拳的师父。请海胖天做司仪，因为他是账房里说书说得最好的。何乘风的牌位放在桌上，春十三捧着何来胜当时给她写下的一百张欠条拜堂，海胖天小声问她要不要换个东西捧着，哪怕是捧个猪头羊腿什么的，也显得殷实小康。春十三摇头，说别给我出鬼主意，欠条上有何来胜画的押签的字。再说了，这一百张欠条也是何来胜唯一留给她的东西，只属于她的东西。

那天，一贯冷面毒舌的八枝竟然在婚礼上掉了眼泪，吓了海胖天和黄兰香一大跳。拜完堂，春十三当着众人的面自己把盖头一掀，一字一顿地说，从今天起，我春十三就是何家的人了。

春十三招呼客人说，今天是嫁人的日子，一辈子就这么一次，酒管够，都算我们家来胜的。长亭镇的人高兴坏了，被邀请的没被邀请的都留在海半仙酒坊，酒坊坐不下就坐在门外。很快，海半仙酒坊门口就像饥荒时放粮一样，密密麻麻全是人。春十三忙得满身大汗，两颊酡红，一双眼睛亮得就像要蹿出两簇火苗。海胖天这些熟人倒是提前走了，海胖天用唱京剧的那种调调清了清嗓子喃喃说，只听得人群乱纷纷，海胖天端起酒碗半天喝不下，不由得一行老泪那是滚滚而下。这喝的哪里是酒，分明是血啊。

春十三于是皱起了眉头，一脚踢在海胖天的屁股上说，喝个酒还说那么多废话，滚！

直到太阳落山，喝喜酒的客人才渐渐散去。春十三将伙计打发了，一个人坐在狼藉的院子中发呆。黑夜完全降临了，所有的喧嚣声像是被天空给收走了似的，寂静无声。春十三于是在八仙桌上点起了灯，仍然坐在一小片摇曳的火光中发呆。到处是打翻的酒，碎掉的酒坛，到处是酒香。她捧着那一叠欠条紧紧贴在脸上，坐在那里出了会儿神。半晌，她从身上掏出一盒火柴，抽出一根后点燃，抬手就往地上丢去。火柴掉地的前一瞬，一只手伸过来，恰好将火柴接住。接着杜小鹅出现在春十三身后，又惊又怒地问，春十三，你要干什么？

杜小鹅是不放心春十三，在喜酒散场后赶过来看看。如果晚来一步，整个海半仙酒坊就要变成一片火海。春十三怔怔地望着杜小鹅，终于扑进她怀里痛哭起来，杜小鹅紧紧抱住她，轻声说，别哭，我一定给何来胜报仇。你等着我。

月亮冷冷地挂在天上，一只远处的猫头鹰突然鸣叫了一声，远远地循着夜色传过来。春十三脸上的泪已经有一半干了，她突然觉得，人生变得空落落的，不着边际。

南星桥训练营被毁，学员们转移到了离旧茶厂几十里外富阳县的一片树林里，那里有一片水塘，水塘里养着鹅。相较于茶厂的日子，这里要轻松很多，但是大家很少能笑得出来。学员们似乎都回避提到何来胜，作为训练营里第一个牺牲的人，他给学员们带来的震撼很大。大家似乎从那时起才明白，原来人那么容易就能死了。

不久，广州起义失败，训练营的气氛更加低迷。黄兴亲自带兵都败了，他们怎么赢？女兵们看着影印的七十二烈士之一的林觉民的《与妻书》，看得潸然泪下。没过多久，训练营的学生就将被拉上战场，临打仗前，教官黄金条站在高台上，大声嘱咐训练营的人，向来新兵运气好，大家都不用怕，越怕子弹越找上你。他笔挺的制服，让他的身材越显高大。杜小鹅站在女兵队的阵营里，远远地望着黄金条，两只眼睛里全是柔情。她已经把安五常忘得差不多了。

不久，学员们被编入步兵八十二标，参加光复杭州的战役。战斗只进行了一夜，第二天整个杭州就改弦更张了。杜小鹅也是在这时候才得到消息，知道安必良竟然就是出卖南京同志和南星桥秘密训练营所在地的叛徒。安五常亲自去了海半仙酒坊。他告诉春十三，安家现在欠她两条命，安必良欠一条，杜小鹅欠一条。

杭州光复的消息很快传到了长亭镇，却也没掀起多大波澜。慌的只有团总马当先，他原先把增韫当靠山，现在增韫一倒，他立刻收拾了行李准备跑路。跑路之前，他带着跟着他的四个手下冲进了海半仙酒坊，一进门就让春十三跟自己走，说他有的是钱，可以一起去上海、香港，再不行去英国和法国。马当先是真喜欢春十三，不然也不会临跑路了也要把她带上。他简直要把自己感动了，脱口而出一句十分矫情的话，说你就是我的日月星辰。却没想到春十三依旧冷着一张脸说，我是何来胜的老婆。马当先急了，说你这小寡妇有啥好做的？我不比那个短命鬼疼你得多？春十三干脆不去理他。马当先气急败坏，一把从兜里掏出手枪，指着春十三大吼，你跟不跟我走？你不跟我走我把你这些伙计都给毙了！话音一落就一枪打在一个伙计的小腿上。春十三那只池鹭俯冲而下就要啄马当先的眼睛，被他抬手一枪射了下来，羽毛上沾了血，掉在地上不断抽搐。

春十三尖叫一声，脸色煞白地把池鹭捧起，像是在她心尖上割了一刀似的。酒坊伙计从前都是在乘风镖局走镖的血性汉子，一看他来真的，撸了袖子就要上去干。马当先威胁地举着枪，说再动一动，下一枪就不是打腿而是打头了。春十三忽然很冷静地推开自己的伙计，拿了一个酒碗走到马团总面前，问，你想带我走，是觉得我好看吗？马当先说不好看为什么要娶你？春十三奇怪地笑了笑，当的一下把酒碗在桌上砸破，手上拿着一块碎瓷片按住脸就划了下去。马当先和其他人都吓傻了，春十三的血糊了半张脸，她一步步走到马当先面前，仰起脸笑着问，现在呢？还想不想让我跟你走？

还没等马当先回答，酒坊后院的门被砰地踹开，两个人一前一后走了进来。

进来的是何来胜和钱大贵。

何来胜大步走到春十三身边，转头问马当先，那是我老婆，你想带她去哪儿？

马当先像是见了鬼，举着的枪口在何来胜和钱大贵之间来回移动，一句话都说不全，只是吞吞吐吐地说，我那是义薄云天，我想替你照顾春十三。

钱大贵几下就把马当先的四个跟班放倒，又眨眼工夫把马当先手中的枪给劈手夺了过来，咔啦咔啦地将子弹退膛，嘴里咒骂着，他娘的，老子最讨厌别人拿枪口对着我，谁对着我我拧了谁脑袋瓜。

旁边早有伙计洗了干净毛巾，却只敢递给春十三不敢递给何来胜。何来胜白了伙计一眼，一把抢过去给春十三小心翼翼地擦脸上的血迹。春十三怔怔地看着何来胜，仿佛做梦一样。她脸上的那道伤口既深又长，从耳根一直到下巴，何来胜盯着看了一会儿，转头对马当先说，来而不往非礼也。他把春十三打碎的那只碗的碎片踢到马当先面前，问，是你自己来，还是我帮你？钱大贵插嘴道，我说，刻个"小人猥琐"四个字怎么样？君子端方，小人猥琐，这是老子唯一知道的成语。说完一副很得意的样子。

马当先终于出了声，颤巍巍地说，那不是成语……

老子说是就是！钱大贵厉声喝道，是不是都要刻，刻定了！

何来胜懒得理他们，扶着春十三进屋。一进屋，春十三就一把抱住何来胜，血和泪流了满脸。何来胜心里自责，他小声问，你不怕我是鬼吗？春十三拼命摇头，管他是人是鬼是魂是魄，我都跟定你了。

　　直到把所有的里里外外都收拾好，把事情都安顿好，众人才知道事情是怎么回事。那晚何来胜跳进钱塘江，被打中了两颗子弹，一颗在左胸，一颗在右腹。也算他命大，一群从奉化过来的栖风帮的渔民接受陈英士的邀请，来杭州参加光复杭州的敢死队，当晚刚好活动在附近水域，顺路便将漂在水里沉沉浮浮的何来胜救到了船上。何来胜养了接近一个月的伤，直到杭州光复。奉化渔民组成的敢死队在光复军队伍里遇见了杜小鹅，杜小鹅这才知道何来胜没死。得知春十三以为自己死了还执意嫁到何家，何来胜很是感动。他在王金发的队伍下面找到钱大贵，两人一同回到长亭镇，本想给春十三一个惊喜，没想到正撞上马当先上门去抢春十三。

　　何来胜将安五常、八枝统统拜访了一遍。八枝见到何来胜的第一件事，就是扬手扇了他一耳光，恶声恶气地说，这是让春十三受到惊吓的教训。然后扇了他第二个耳光，说这是让为师的受到惊吓的教训。为师的就你这么一个徒弟，你的命比其他人金贵许多，不能遇到事就愣头往前冲。当然了，也不能不冲，要把握好怕死和不怕死之间的度。

就这样何来胜统共在长亭镇待了三天，第三天的晚上开始收拾行李。春十三慌了，问他要去哪儿，何来胜说，我要去完成革命。

春十三哭起来。

你们为了那个连一面都没见过的人去把命给搭上，值得吗？

我不是为了没见过面的人。我是为了歪头陈，歪头陈临死前让我一定要找到蔡藏盛。蔡藏盛也在革命队伍中，所以我必须去革命才能找到他。

何来胜没说出口的是，他不仅是为了歪头陈，主要是为了杜小鹅。因为歪头陈对他说过，蔡藏盛会杀了杜小鹅。

春十三问，何来胜，革命有完成的那一天吗？

有。何来胜点头，等我找到蔡藏盛那天，我的革命就完成了。

好，那我等你。春十三擦干眼泪，我一直在这里等你。

临行前一晚，何来胜去蕙风堂安五常家里辞行，发现安五常神情有异。那天账房先生海胖天鲜见地话少，他抱着酒壶阴沉着脸坐在一边。桌上却有着三副碗筷。

何来胜在桌前坐下。他开始说他对八极拳的理解，不管对或不对，慢慢都说了出来。最后他说到歪头陈，说歪头陈滑稽地告诉他，你知道八极拳的十六字精髓是什么吗？忠肝义胆，以身作盾，舍身无我，临危当先。何来胜说完最后一个字，忽然起身一脚踢开内室的门，安必良躲在里面惊恐地看着他。

何来胜说，我得带他回去。安必良求他，说自己被何来胜带回去肯定是死，希望何来胜看在曾经的情分上放过他。

他们已经对你下了锄奸令了。何来胜说，你是叛徒，叛徒一定只能有叛徒的下场。

安必良又转头去求安五常，安五常脸色灰败，转头问何来胜，你说杀不杀。何来胜说杀人偿命，他害死一千。安五常的眼泪于是就掉了下来，说，好，杀。

何来胜转身去门外等。他想没有外人在场，好歹也让安必良死得体面些。

/ 12 /

1911年11月，新军第九镇光复南京连续失利，同盟会总部焦虑，范鸿仙、陈其美就提议组建江浙联军，以徐绍桢为联军总司令，力求尽快拿下南京，奠定东南大局。杜小鹅直接被安排去和黄金条带领一支女子队伍，后来又加入尹维峻的女子敢死队一起攻打雨花台。尹维峻是谁？尹维峻就是在攻打浙江巡抚府时活捉巡抚增韫的光复军敢死队司令官。那一年，她才十五岁。她还是王金发的嵊县老乡。

何来胜和钱大贵直奔南京，钱大贵作为营长归队，要了何来胜留在自己营中。何来胜问钱大贵，你们营中有个人叫蔡藏盛吗？钱大贵皱着眉毛想了想摇头。两人正在说笑，忽然看到隔壁营的营长陈三宝带了人过来。钱大贵笑容僵硬地去打招呼。陈三宝一看见他，脸上立刻有了怒色，生气地问你怎么会在这里。钱大贵勉强笑着说，我过来革命……

陈三宝打断他，怒气冲冲地说，你配革命吗？贪生怕死的人怎么不继续躲在山里？

何来胜第一次看见天不怕地不怕的钱大贵低声下气。

三宝，当年我手下的兄弟跟着我，得吃饭要活命，我也是迫不得已。

哪个没有兄弟？哪个不要吃饭？哪个不是泥地里打着滚爬上来的？从你擅自撤离的那天起，你跟诸暨帮就再无瓜葛。

钱大贵也生气，终于大声说，不撤难道去死吗？老四老五都死了！

陈三宝吼，起码他们死得光荣！

两人怒目相视，互相瞪了一会儿后，陈三宝转身就走，走了两步又回过身，一脸的鄙夷又心痛，低声说，诸暨帮上下，没人看得起你。他手下一人还挑衅地冲钱大贵吐了口唾沫。钱大贵脸色难看至极，一脚踢翻了一张椅子。何来胜追着出去，问他们，你们营中有一个人叫蔡藏盛吗？陈三宝正在气头上，大喝一声，滚！何来胜不依不饶地继续问，有人叫蔡藏盛吗？

没有！

何来胜灰溜溜地回到钱大贵帐里，终于慢慢知道了钱大贵这个嵊县强盗的往事。他曾经和手下的这帮兄弟都属诸暨帮的成员，早年曾经跟随徐锡麟和秋瑾进行反清运动。1907 年，徐、秋领导的浙皖起义失败，清廷调派重兵南下，镇压革命党人。在一次清兵围剿中，钱大贵在情势极为不利的情况下带着兄弟突围撤离，弃守领地，从此被帮会诸人唾弃，这才不得已去了嵊县，在大贵山落草做起了强盗。

一时间两人默默无话。很快，任务下达。他们负责攻打幕府山炮台，再向北极阁司令部和狮子山炮台开炮。几天后的 29 日晚，江浙联军在天堡城下集结，为最后的总攻做准备。在营地，何来胜遇见了黄金条和杜小鹅，两个人都灰头土脸，身上带了伤，黄金条的脸上还被弹片划了一道大口子，以后少不了要破相，但是他一双眼睛却像跳动着两簇火苗般闪闪发光。黄金条努力地挺了一下身子说，只要明天打赢了，我们就会成为永垂历史的伟人。黄金条又说，何来胜你可千万别死了，你的小老乡邹志国在我们那儿，你得把他领回去还给他爸。何来胜问，邹志国还好吗？黄金条点头，说那小子长进了，勇猛得很，一头羊磨炼成了一只老虎。不过明天的战役他不能参加了，他得休息。说完黄金条拍了拍何来胜的肩膀。

黄金条和杜小鹅缓慢地离去，何来胜一直望着杜小鹅的背影。杜小鹅的背影中蒙上了许多的灰尘，看上去她已经十分疲惫。但是何来胜却仍然从她的背影中，看出许多的灵秀。他仍然不由自主地打了一个激灵。

当天晚上，何来胜做了个梦，他梦见春十三怀孕了。春十三就站在海半仙酒坊的那片空旷的堆满坛坛罐罐的院子里，双手捧着自己滚圆的肚皮，两眼满含忧伤地望着他。他猛地睁开眼，一种奇异的感觉从何来胜的胸中升起，他几乎腾云驾雾地走到钱大贵身边，对钱大贵说，春十三怀孕了。自从见到陈三宝后就一直阴沉着脸的钱大贵眼睛一亮，高兴得直搓手，翻遍口袋没值钱的东西，从地上捡了一颗子弹，在衣服上抹抹后用草绳子拴了递给何来胜，说子弹阳气重，辟邪。贵重的礼物以后再补。然后才想起来问，你听谁说的？春十三来信了？时间也不够啊，邮路也不通啊。

何来胜摇头，说我做梦梦见了。

何来胜又说，既然梦见了，那一定是真的。

于是钱大贵沮丧了一小会儿，转念一想反正迟早得怀上，于是旁敲侧击地提示，是不是应该让他来当孩子的干爹？何来胜板起脸说，你什么时候把一车倭瓜还给我，地下的何乘风就合眼了，我就让你做干爹。

攻打天堡城的战役是何来胜生平参加过的第一场战役，也是他参加过的最惨烈的一场战役，眼前血肉横飞的景象几乎让何来胜觉得曾经长亭镇的平静生活宛如做梦一般。新军的指挥部决定重新部署战略，江浙联军司令部参谋叶仰高和张兆宸决定分别组织两支敢死队，一队攻占紫金山左翼，一队袭取天堡城之北。

钱大贵和大贵山的那帮兄弟都要去报名，临走前问何来胜，你去吗？何来胜也跟着去了。钱大贵赞许道，好兄弟，我兄弟王金发说过，将军百战死，马革裹尸还。要我说，还用得着马革吗？赤条条来，赤条条去好了。

敢死队共召集了一百九十二人，钱大贵看见陈三宝等人也在其中。他喊陈三宝，陈三宝没有理他。下午一点，所有志愿兵在紫金山脚南面一块巨冢前训话，立军令状后，钱大贵被分到张兆宸的队伍，陈三宝被分到叶仰高的队伍。

出发前，钱大贵将营里那些曾经在大贵山谋生的兄弟集合起来。

你们知道吗，外面的人都看不起我们！特别是陈三宝，说我们是孬种！是逃兵！你们承认吗？

众人大喊，不承认！

钱大贵吼着重复一遍，承认吗？！

不承认！！

还想继续被人瞧不起吗？

所有人大吼，不想！不想！不想！

钱大贵深深吸了一口气，沉声道，不想就得去死，跟我一起去死吧。

晚上八点，敢死队的两队人马准时出发。午夜十二点，两支队伍先后到达天堡城，以一块巨大的岩嶂作为胸墙，之后战役开始。大贵山的兄弟出奇地勇猛，他们一个接一个倒下，又前仆后继地冲上去。这场战役比在杭州时的战役要惨烈得多，连续不断的枪炮声似乎穿透何来胜的耳膜直击他的灵魂，他的灵魂高高挂在天上，而他的肉身留在枪炮中。他靠在壕沟里闭上眼，拼命想在脑海中勾画春十三的样子。战火纷飞中，他大吼着问钱大贵，我儿子应该叫什么名字？钱大贵扔出去一颗炸雷说，何胜利！何不败！何打仗！何来胜大声说，你他妈能不能斯文点？钱大贵哈哈大笑，说我就是个粗人，不是粗人怎么会去当强盗。何来胜刚要说话，一颗炸弹在前方炸响，钱大贵一下将何来胜的头摁下去。硝烟过后，他甩了甩满头的尘土，对何来胜咧嘴一笑，整张脸只有牙齿是白的。

钱大贵一边装子弹一边说，喂，搞不好今天我们都得死在这里。我告诉你，那车倭瓜其实里面全是金子，是邹老虎想给王金发搞革命的。钱我是还不上了，买枪喝酒逛窑子都得花钱，不过我只花了一点，还有大半我都给了王金发，也算满足了你爹的遗愿。我现在带着兄弟们在一起打仗，我用他们的命还你爹那一车金子，够意思了吧？

何来胜没好气地说，够个屁，钱归钱，命归命，你得好好活着，等仗打完了我们再算总账。

钱大贵嘿嘿一笑，刚想说话，表情却变了。何来胜顺着他的目光看去，只见前方久攻不下的碉堡上，敌人竟然展开了一面白旗，在飘散着硝烟的夜空中像一只落魄又懊丧的鸟。

枪声渐渐停了，敌人突然而来的投降让他们措手不及，敢死队员们保持着射击和防御的姿势彼此相觑。最先反应过来的是黄金条，他一跃而起，豪迈地一挥手大声说，走，跟我去接管天堡城！其他敢死队员也纷纷站起，杜小鹅也在其中。大部分人都十分兴奋，天堡城一旦攻占，那么左右敢死队就算是为攻下南京城立下了首功。

何来胜觉得事有蹊跷，天堡城易守难攻，清军弹药火力充足，且守将是出了名的辫帅张勋，没理由在胜负还未见眉目时就匆忙投降。他拦住黄金条，黄金条不听，冷笑着说像你这样怕死的人，参加什么敢死队?! 不怕死的，想要领功的，都跟我上去!

何来胜的目光就落在了黄金条身边的杜小鹅身上，冲杜小鹅摇了摇头。

杜小鹅说，不，我得上! 我不是怕死鬼!

在队长叶仰高和黄金条的带领下，左队一半以上的人轻装向天堡城进发。余下何来胜、钱大贵和其他人匍匐在壕沟中。就在黄金条等人即将接近天堡城时，何来胜看见炮台中火光一闪，接着枪声大作，密集的子弹雨点般朝黄金条等人激射而去，冲在最前面的叶仰高毫无防备，被一颗子弹穿脑而过，应声滚倒在地。剩下的人慌忙寻找掩体躲避，一颗炸药落到杜小鹅和黄金条身边，何来胜眼睁睁看着成片的飞沙石块将他们瞬间吞没。混乱中，何来胜大吼道，掩护! 火力掩护撤退! 率先向清军方向开枪。突变陡生，队长叶仰高当场殉难，左队损失惨重，钱大贵一边开枪一边破口大骂，余人顿时反应过来，纷纷回击。

何来胜发了疯似的带人冲了上去，掩护着杜小鹅和黄金条撤回，黄金条的腿受了重伤被抬了下去。何来胜左右上下打量着杜小鹅，咧开嘴笑了，行，胳膊腿啥也没缺。赶紧走！

现场战况形势严峻，何来胜拿着一架捡到的望远镜寻找可能的突破口，这时天堡城清军的二道防线处的一排帐篷吸引了他的注意。如果将帐篷点燃，必会引起清军慌乱，一处防线的攻击一定会削弱。只是正面突进几乎不可能，唯一不会引起敌军注意的路径只有从旁边断崖处越过清军的第一道防线。这面断崖虽然有怪石凸起，但十分陡峭，从这里横向越过的难度也不亚于正面攻击，况且在进入第二道防线的同时，也就陷入了腹背受敌的境地，如果正面攻击不能在短时间内突破，夹在一二道防线中的人就会成为活靶子。

时间紧急，何来胜飞快地说，自己和钱大贵带着另外四人去奇袭第二道防线。杜小鹅也要去，被何来胜按了下去。何来胜说，你的位置更重要，我们的命就在你手上，火起之后如果十分钟内不能突破，那我们可就死了。

杜小鹅道，你放心。

何来胜又说，你，千万千万需要保重，有我冲在前面了，你就不要冲了。

杜小鹅想了想说，你的命就不是命？

何来胜随即笑了，不说话。

杜小鹅于是想起，当初何来胜似笑非笑地说过，他会拿命来喜欢她。

钱大贵、何来胜等六人偷偷摸向一边的断崖。横越悬崖一共花了二十分钟，有三人不慎摔死。翻过断崖，剩下三人伏在草堆里，伺机杀死落单的清兵后换上衣服，略一察看后，发现帐篷里放着军需物资。

三人各自进入一间帐篷浇上煤油，钱大贵刚要出去时正好有人进来，那人一闻便闻出帐篷里味道不对，刚要放声大喊，钱大贵眼疾手快一刀插进清兵腹中。此时何来胜和另一个人已经点火，外面传来惊慌的叫声。钱大贵赶忙继续浇煤油点火，却没料到那个清兵还未死，砰地开了一枪，钱大贵右胸被击穿。枪声引来了其他清兵，钱大贵已然不能全身而退，情急之下大骂了一声，直接点燃火柴，帐篷瞬间起火。

何来胜没等到钱大贵出来，却看见他负责的帐篷已燃起了大火，一时间愣在原地。起火的帐篷里，钱大贵跌坐在地上喘着粗气。他忽然眼睛一亮，哈哈大笑着说，何来胜！我知道我们儿子叫什么了！这回是个斯文名字，就叫何……

帐篷本来就易燃，第二道防线很快便成为一片火海。杜小鹅看见远处火光冲天，知道何来胜等人已经得手，立刻和其他人一起抢攻而上。争分夺秒间，只听到着火处发出一阵震耳欲聋的爆炸声，火光更盛……

何来胜在医护棚醒来的时候，战斗已经结束。得益于第二道防线被迅速击溃，没多久新军就占领了天堡城。何来胜在医护棚里发了一会儿呆，他看到门口的帘布被人掀起，一堆光线中出现了杜小鹅。杜小鹅交给何来胜一副破碎的眼镜，何来胜一眼认出是邹志国的。

于是何来胜抬起了头，他仔细地看着杜小鹅。最后他认真地说，胳膊腿啥也没缺。挺好。

打扫战场时，钱大贵的尸首已经认不出来了。何来胜和大贵山的那帮兄弟给他做了个衣冠冢，其实也就是一个小土堆，里面也没有啥衣冠，就埋了钱大贵随身带着的一把小刀。天已经有些冷了，何来胜就坐在那小土堆边，想着他和钱大贵不停地比武，被打得手臂都脱臼。想着钱大贵一定要当他孩子的干爹，想着钱大贵的爱好竟然是做饭，想着钱大贵抢了那一辆倭瓜以后就花天酒地，想着钱大贵送自己孩子的礼物竟然是一颗子弹……想着想着，何来胜的脸上就浮起了笑意。他依然坐在冰凉的泥地上，看着热气腾腾的陈三宝带着人过来，他们每个人的右臂上都系了一条红布带。陈三宝上前，在钱大贵简陋的坟上也系上了一条红布带，然后所有人朝天鸣枪。那是他们诸暨帮祭奠兄弟时的规矩。

陈三宝看了何来胜一眼说，你是谁？

何来胜说，长亭镇人，乘风镖局原少镖主，海半仙酒坊伙计，钱大贵最好的兄弟，何来胜。

何来胜又说，谁都别想在我面前说钱大贵不是诸暨人。他是诸暨帮最硬的骨头。谁敢说，我杀谁！

/ 13 /

寒冬已经逼近了整个江南。杜小鹅背着负了枪伤的黄金条，带着袁水娟一起回到了长亭镇。他们一身风尘地出现在码头上的时候，刚好是腊八节。杜小鹅茫然四顾，江面上水天一色却无比萧瑟，连一只江鸥都没有见到。

久等了多时的春十三的目光远远地抛过来，她没有在码头上看到何来胜，只看到哎呀楼的掌柜黄兰香像个小孩子一样呜咽着，从杜小鹅的背上接过了黄金条这个表外甥。那天他还领走了袁水娟，因为袁水娟说要在他家借住几天。哎呀楼有的是房子，所以袁水娟其实要借住一万天都没有关系。码头上的江风很大，像刀子一样刮人的脸。杜小鹅失望地望着空荡荡的码头，她没有看到安五常来接她。她认为安五常至少是要来接她的。

杜小鹅的心一下子空了。

春十三慢慢走近了杜小鹅，她捋了一下被风吹乱的头发，说，我打听一下何来胜，他几时回来？

杜小鹅看着春十三那张俊俏白嫩的脸上，那一道斜斜的疤痕，像蚯蚓一样盘踞着。她还看到春十三的肚皮已经托得很大了，像一只骄傲的白鹅。杜小鹅告诉春十三，何来胜选择继续向前。当他们都对革命的结局迷惑和失望时，只有何来胜坚定地选择了继续向前。

杜小鹅向前走了几步，又回过头去看仍然站在码头上的春十三，心中忽然生出一阵感慨，似乎还夹杂着对春十三的一点羡慕。她想起很久以前，她站在何来胜面前，咄咄逼人地问他，何来胜，你拿什么喜欢我？何来胜摊手摊脚地坐着，手上还拿着那本被翻烂的《金瓶梅》。

他似笑非笑地回答，拿命呀。

哎呀楼里，八枝依然孤独地倚在二楼的美人靠上嗑瓜子。看到掌柜的黄兰香背着软塌塌的黄金条从她面前走过，身后还跟着一个看上去精干而且精明的女人。八枝伸出脚挡住了黄兰香。黄兰香皱了一下眉头说，好狗不挡道，闪开。八枝就扑哧一声笑了，说，我要离开哎呀楼了，因为我徒弟的老婆春十三怀孕了，但是我徒弟不在，我得去照顾她。

黄兰香又皱了下眉头，说，你这个没出息的东西，自己不会生，去照顾别人生。你滚吧！

那天黄兰香着急忙慌地背着黄金条从八枝的身边走过。他的嘴里还是在嘟哝着，有本事你自己也去跟姓唐的生一个呀。八枝的脸一下子就白了，她沉下脸咬着牙说，你再说一句试试？

黄兰香说，我才不说呢，我就是不说。

八枝说，你再说一句我把哎呀楼拆了。

黄兰香想了想说，菩萨，我烧炷高香求求你，你赶紧去照顾你的徒弟老婆吧。你再不走，千万别怪我那打遍江南无敌的地趟刀翻脸不认人。

/ 14 /

八枝第二天就搬到海半仙酒坊，照顾起春十三的起居。一提起何来胜，八枝就气不打一处来。她不止一次地说，男人统统都不是好东西，就让他死在外面吧。

倒是春十三平静得很。她脸上的疤痕清晰可见，可是她丝毫不在意，笑得大大方方，依然在酒馆中大声呵斥欠债不还的客人，一厘一毫算得清清楚楚。蕙风堂大药房开始与海半仙合作出售药酒，卖得很好，有时候酒坊门口会排起长队。从战场上回来的杜小鹅和春十三之间始终保持着若即若离的关系，有一种点到为止的客气。杜小鹅只在春十三成亲当天叫过她一声姐，之后见到喊的都是春老板。

何来胜像是去年秋天飘落的一张叶片一样，不见了，也没有人提起。只有破败的乘风镖局，还在风雨里吱吱嘎嘎地飘摇着。长亭镇的日子过得很平静，如果不是何来胜还没回家，遥远地方的战火与他们再没一点关系。

春十三的产期越来越近。有天早上她睁开眼，心里突然有一种强烈的预感，她觉得何来胜就要回来了。

当天听那些海半仙酒坊喝酒的客人说，浙江新军第六师吕公望手下的一名团长蔡大富到了长亭镇，正在十里梅林处决强盗。到了下午又有一个传闻，说蔡大富被一个刺客刺杀，好在蔡大富武艺高强，毫发无伤，刺客反而受伤逃跑。

春十三听着，眼皮就突突地跳。她看到八枝坐在酒坊院子里一张太师椅上，一动不动。春十三于是走到了八枝的面前，八枝说，今晚不管外面发生什么、听到什么，你都不要出门。八枝的脸色有说不出的严峻，盯着春十三仔细看了一会儿，目光渐渐柔和下来，撇着薄薄的嘴唇笑了一下。

最好生个女儿，像你。八枝说完，起身摸摸春十三的头发后转身离开。于是春十三突然觉得，一定是有什么事情要发生了。

到了半夜，蕙风堂大药房的方向果然传来喧闹声，春十三躺在床上，莫名地出了一身冷汗。她心里的不安越来越强烈，终于再也忍不住，披衣起身，挺着肚子慢慢往蕙风堂的方向走。

蕙风堂门口打作一团。八枝靠在树上似乎受了伤。那个叫蔡大富的团长正和另一个人斗在一起，那人浑身是血，显然伤势极重，却依然沉稳地与蔡大富见招拆招。而一群黑衣人，举着火把背着刀，黑压压地站成一片。他们显然都是蔡大富手下的兵勇。

春十三死死盯着那人看了片刻，一声叫喊就要冲口而出，却又抬手捂嘴，硬生生将叫喊堵了回去。她想到这一声叫喊会让他分心，然而这时他最不能分心。

那个浑身是血的人正是何来胜。何来胜一直在军中寻找蔡藏盛的下落，直到前几天才发现之所以始终找不到，是因为蔡藏盛早已改了名，现在他叫蔡大富。何来胜不仅查清了蔡大富的身份，也查到了蔡藏盛当初与清军绿营千户李有庆之间的往事，歪头陈就是李有庆原先的护卫之一。他知道了蔡藏盛害死李有庆，李有庆有个女儿叫李当当，而李当当就是杜小鹅的本名。

何来胜一路追踪蔡藏盛到了长亭镇。如果杜小鹅知道蔡大富就是蔡藏盛，她一定会找他报仇；如果蔡藏盛知道杜小鹅就是李有庆的女儿李当当，也一定会杀了李当当。何来胜决定替杜小鹅动手，所以才会有不久前刺客暗杀蔡藏盛未遂的事情。当他打探到蔡藏盛去了蕙风堂的行踪后，何来胜顾不得伤，立刻前往蕙风堂。

当他匆匆赶到时，看到蔡藏盛站在蕙风堂大药房的门口，而大药房的大门紧闭着。蔡藏盛身后，站着一批举着火把的士兵，那些茁壮的火苗就在寒冷的夜风里一摇一摆。他看到蔡藏盛慢慢地举起了手，只要他的手一挥下去，估计那些士兵的刀一定会将蕙风堂的门砍烂。于是在他的手没有挥下去之前，何来胜就从斜刺里蹿了出来，想也没想一拳朝蔡藏盛挥了上去。蔡藏盛一愣，立刻认出他就是之前的刺客。他厉声问，你到底是谁？何来胜也不说话，一拳一拳扎扎实实，夹带着风声向蔡藏盛直奔而去。八极拳的一招一式仿佛从他心里长出来一般，招招式式连绵不断。蔡藏盛使燕青拳，燕青拳和八极拳一样，走的都是刚猛朴实的路子，两人的交手拳拳生风，迅捷又凌厉。然而蔡藏盛到底技高一筹，一拳当头而下，何来胜翻掌迎挡后连退三步，蔡藏盛飞起一脚将他踢倒在地。

这时候一个挺着大肚子的女人不管不顾地冲到何来胜身边，挡在他面前，恶狠狠地瞪着蔡藏盛。蔡藏盛搞不清状况，怎么又冒出个女人。他从不杀女人，于是拎起她的领口就往边上拖。谁知这女人凶蛮得厉害，一张口便咬在蔡藏盛的手腕上。蔡藏盛大叫一声，猛地将她甩了出去。满身是血的何来胜大叫一声，用尽全力跃起，一把将她抱在怀里，两人一同摔到地上，而何来胜用身子给春十三做了厚厚的肉垫。

春十三这时候才大骂了一声，你这个天杀的，你还知道回来。骂完这一句，春十三随即像孩子一样在何来胜的怀里哭了起来。何来胜连忙放下春十三，他一言不发，双眼紧紧盯着蔡藏盛，做出一个迎战的姿势。这时候蕙风堂的排门被卸了下来，穿着长衫的安五常一步步走出来，手里举着一杆戥子秤。他看到了熊熊燃着的火把，差不多能把天给烧塌了。安五常笑了，说，蔡藏盛，你火气真旺，你这是逼到了家门口啊。

蔡藏盛笑了，说，要是我不逼人，总有一天会被人逼。

安五常举了举手中的戥子秤说，我给你的人品称了一下，一钱不值啊。

安五常说完，把戥子秤慢慢放在了地上，然后他摆出了一个迎战的姿势说，来。

那是一场昏天暗地的混战。杜小鹅因为安五常的安排，而躲在了大药房的一道隔墙里。但她仍然能听到药房门口传来的呼呼的拳风，才突然明白，安五常的武功一向藏着掖着，其实是非凡的，一定经历了多年的武学浸淫。安五常的声音远远地传入杜小鹅的耳里，安五常说，姓蔡的，你的燕青拳果然越来越精了。刚柔相济，大开大合，这些年你没有偷懒。

蔡藏盛猛攻猛打，挥出重重一拳，冷笑了一声说，姓安的，洪拳练到这个分上，这些年你也没有偷懒。洪拳讲究的是后发制人，但今天我让你无法制人！

　　多年以后，在春十三后来泛黄的记忆中，仍能清晰地浮现出那个像一场戏一样的夜晚。那天晚上唐不遇和八枝像是约好了似的，几乎是在差不多的时间里现身的。黄兰香举着那把薄薄的刀子，大喊地趟刀来了，最后，也加入了战团，而黄金条举着火枪上来时，只不过是想要让杜小鹅放过蔡藏盛一马，原来他竟然是蔡藏盛的大儿子，蔡藏盛抛弃结发妻子，黄金条跟了娘的姓，所以跟远房堂舅黄兰香是同一个姓。最后，安五常死在了蕙风堂的门口，而蔡藏盛因为被何来胜从背后夹击，被杜小鹅一掌击中胸部，一命归西。这些记忆，像潮水一样，会在春十三的余生里被定时记起。

　　春十三记得当年她一直在边上捧着肚皮观望着这场战斗，那些黑衣人最后也在唐不遇等人的合力下，一个个全部横倒在大药房门口。春十三的鼻子闻到了一股又一股浓重的血腥味，她还顺手给一个受了伤的黑衣人补了一刀，当时这名黑衣人正拼尽全力想把手中的刀掷向何来胜。黑衣人扑倒在她身边死去，那弥漫的血漫过了她的脚背。这时候她听到了何来胜的声音，杜小鹅你马上走，你不能在这儿久留。

何来胜的话音刚落，春十三就觉得一阵腹痛。她捧着肚子歪倒在药房门口，杜小鹅在手忙脚乱中帮她接的生。在孩子哇哇的哭声中，杜小鹅仓惶地收拾了一些行李，驾车带着一家连夜逃离了长亭镇。春十三抱着怀里的孩子，虚弱地对何来胜说，你去送送他们。去呀！

于是何来胜赶着车送杜小鹅一家。他本想只送到长亭镇口，到了镇口又向前跑了半里路，又跑了一里路，又跑了三里路。他就这样一路向前奔着，不时地张望一下坐在车上的疲惫的杜小鹅。杜小鹅搂着安三思，身边坐着摇晃着脑袋的海胖天。在漫长的夜色中，海胖天突然神秘地笑了一下，说，赶车的，想不想听我说一段你师父的秘史。

何来胜没有心思听海胖天说话，一心只想赶着车，让杜小鹅离长亭镇越远越好。他望了一眼杜小鹅，看到她的头发被夜风吹乱了，何来胜的心就吱吱嘎嘎地痛了起来。海胖天又问了一遍，说，你想不想听你师父的惊天秘史。

何来胜说，不想。

接下来是一段时间的沉默，海胖天觉得真是自寻没趣。但是没过多久，他给自己找了一个台阶，说赶车的我不是说给你听的，我说给我自己听。今天我非得讲讲八枝的过去，不然我……我活不下去了，人命关天，我会被憋死的。于是在海胖天滔滔不绝的声音里，以及风掠过耳朵的声音里，何来胜知道了八枝的过往。原来八枝老早的时候就认识唐不遇，而且她看上了唐不遇，于是就找到唐不遇说，喂，我想嫁给你。可是唐不遇喜欢着另一个姑娘，要命的是安五常也和唐不遇同时喜欢上了那个姑娘。后来姑娘和安五常结了婚，她就是安必良的生母。姑娘和安五常成亲后，八枝就又去找唐不遇，说你可以死心了，你可以娶我了。唐不遇却仍然是死活不肯娶八枝。好多年后，那姑娘去世，安五常协助徐锡麟刺杀恩铭后，带着一起参与行动的海胖天仓惶逃到了长亭镇开药房。没多久，唐不遇也到了长亭镇的海角寺，一边替寺院扫地一边习武。这时候阴魂不散的八枝又找到了海角寺，仍然是那句老话，你娶我。唐不遇仍然是没有答应，八枝一气之下就进了黄兰香开的妓院哎呀楼。当然，她并不是去当接客的妓女。八枝和唐不遇两个人从少年纠缠到中年，按照唐不遇和八枝的性子，可能还会纠缠到七老八十直到死。

车轮滚滚往前，何来胜觉得他的耳朵里灌满了风。讲完最后一个字，海胖天自己嘎嘎嘎地笑了起来，说赶车的，你说可笑不可笑。何来胜说，海胖天你听好，闲话少说，从今往后你要照顾好杜小鹅和安三思！

那天何来胜把杜小鹅送到了富阳县的龙门镇。他停下了车，从车上下来，望着抱着儿子的杜小鹅说，我要回去了。

杜小鹅不说话，一双亮亮的眼睛看着他。

何来胜又补了一句，我要赶回长亭镇当爹去。

/ 15 /

春十三生的是个女儿，何来胜小心翼翼地把那个钱大贵送给他的子弹戴在女儿幼嫩的脖颈上。他对春十三说，这次我不走了。女儿满月那天，何来胜喝多了，他跌跌撞撞地走到院子里说，来来，钱大贵、歪头陈、邹志国，我们一起喝一杯，我有女儿了。他跌坐在地上沉思半晌，然后突然抬起头，欣喜地说，钱大贵，我想到了，我们女儿就叫何相逢！

后来何来胜知道，黄金条和袁水娟离开了长亭镇，他们去了哪儿，谁也不知道。哎呀楼的生意依然兴隆，不过黄兰香的腰好像坏了，他经常跟人说起，在一次庄严的华山论剑中，他输给了霍元甲。于是许多人都说，你现在吹起牛来，比海胖天还要厉害了。你吹牛根本不打草稿，也不画图纸。

黄兰香于是就冷笑一声说，还不上税。

海半仙酒坊的名气越来越大，镇上还有十几岁的孩子过来喝酒，被春十三赶了出去。于是何来胜就用一块干净的布在酒缸里捞一捞，等布吸饱了酒，再偷偷拧到孩子们准备好的碗里。他以为春十三不知道，可是春十三全知道，他的所有事春十三统统都知道。但是有一件事春十三不能忍，就是何来胜竟然试图把酒滴进女儿嘴里。女儿才一岁半，整天伸着两条滚圆滚圆的小短手要抱抱，何来胜将浸了酒的布塞到女儿手里，小孩子抓住就往嘴里塞，气得春十三一晚上没让何来胜进屋。他和所有刚做爸爸的小伙子一样，愣得要死，浑得要命，满心欢喜又手忙脚乱地想逗孩子开心，逗到最后总是以孩子号啕大哭收场。

海半仙酒坊和杜安堂大药房的药酒生意还在继续，每次都是何来胜避开人们的耳目，去富阳龙门镇找杜小鹅进药材。杜小鹅新开的药房不再叫蕙风堂了，改叫杜安堂，杜就是杜小鹅，安就是安五常。杜小鹅有个儿子叫安三思，何来胜来杜安堂进药，经常会逗安三思玩。有时候也把何相逢带来，让她在杜安堂住几天。安三思与何相逢好得一塌糊涂。安三思经常带着何相逢在龙门镇满镇子乱跑，要有其他孩子欺负何相逢，安三思二话不说就冲上去打架。何来胜说，你对我女儿那么好，你认我做干爹吧，何相逢就是你妹妹了。安三思头一昂，说那不行，我以后是要娶何相逢当老婆的。于是在杜小鹅听到这一段后，安家一阵鸡飞狗跳。安三思在前面跑，杜小鹅操着鸡毛掸子在后面追，骂他小小年纪就胡思乱想，长大了可不得了。何来胜在一边微笑地看着，慢悠悠地说，我看行。

过了几年，春十三又生了个女儿，取名钱春春，意思是给已经死去的钱大贵续后。为了庆祝二女儿诞生，何来胜花了大价钱，特意去诸暨县城里买了辆顶时髦的西洋脚踏车。回来的时候脚踏车舍不得骑，是扛在肩上驮回来的。何来胜很宝贝那辆车，每日都要擦三遍。

那天何来胜骑着脚踏车去富阳龙门镇给杜小鹅送药酒，远远看上去他骑车的样子很像是在玩杂技：前杠上坐着何相逢，后座上坐着一个春十三，春十三手里还抱着钱春春。脚踏车龙头上插着一个油纸风车，一左一右还各挂了两坛酒。

他完全不知道，这一天会有一个背着长刀的年轻人出现在龙门镇。

那天龙门镇下了一场春雪，先是雨，后是雨夹雪，雪子噼里啪啦的，再后来就完全成了一场浩浩荡荡的雪。何来胜就骑着车子，穿行在雪阵中。快到杜安堂门口的时候，何来胜突然看到了雪中的一幅画面。

一个俊朗的年轻人站在一大片雪中，刀锋指向了杜小鹅。这个年轻人叫蔡一刀，是一名身世隐秘，已经走了几年江湖的刀客。杜小鹅则半跪着用一柄刀子拄着地，她的嘴角和手上的虎口有血，染红了刀柄上缠着的青色布头。看上去她已经不年轻了，不再是正当年的蔡一刀的对手。隐约中，何来胜还听到大药房里海胖天说书的声音，他依然兴致高昂地在说那关公战秦琼的故事：两人都是盖世英豪，而两虎相争，必有一伤……

画面静止了很久，能听到雪落下来的细微的声音。突然，蔡一刀大声说，爹，孩儿今天给你报仇了！他举刀便砍，没想到横里竟飞出一辆自行车，当的一声自行车被劈成两半。两坛药酒随即在地上砸得粉碎，酒气迅速地在杜安堂的门口弥漫开来。杜小鹅抬眼，看到何来胜一家正站在不远的地方。

何来胜说，你是谁？

蔡一刀说，你又是谁？

何来胜说，我是有一百个鸿鹄之志的原乘风镖局少镖主，后海半仙酒坊伙计，以及何相逢、钱春春的爹何来胜。

蔡一刀说，我是来报仇的，你不要给我绕来绕去说废话。你只要知道我要这个女人的命就行了。

何来胜转头对春十三说，你带着孩子快去找海胖天，他在药房里说书。春十三看看年轻的蔡一刀，又看看地上的杜小鹅，小声叮嘱了何来胜后牵着两个孩子匆匆离开。然后，蔡一刀的刀子就向何来胜劈了过来，何来胜压根不还手，只是腾挪闪避。但是防守并非八极拳的长处，何来胜很快就被刀锋划得满身是伤，衣服几乎被血湿透。

正在这时，药房里走出一个人来，大声地说，见好就收，不要再糊涂了！

蔡一刀的长刀就那样悬在半空，回头看着身后那个老头海胖天。蔡一刀轻蔑地笑了一下说，你有什么资格跟我说话？

海胖天怒视着蔡一刀大声说，我有什么资格？我说书是全天下账房里面最好的，我不仅会说书，还会针灸。除了针灸，我还是一个称职的账房，我打起算盘来，龙门镇无人能敌。今天我不一一跟你说我数不尽的优长之处，今天我就想骂醒你。你这个认贼作父的东西，绿营千户李有庆李大人棺材板都盖不住了！你这是丧尽了天良想杀你亲姐！

胡说！蔡一刀的脸沉了下来。我没有姐。

海胖天说，本人姓海名青字胖天号吃酒尊者，向来一言九鼎，从不胡说。蔡一刀，你只知道你是蔡藏盛的儿子，可你是否知道你母亲为什么会嫁给蔡藏盛？去照照镜子，看看自己和蔡藏盛究竟有几分相似，看看跟你想杀的这个人又有几分相似！

蔡一刀慢慢地将奔拉在自己脑门上的一缕头发轻轻移开，然后缓慢地收回长刀，重重地将刀柄顿在地上。他的脸正对着镜子一样明亮的刀身，看到了刀身上自己的半张脸。这时候海胖天的声音追了过来，说，你现在看清了吗？

蔡一刀说，我看清了。我像我娘刁小婵。

海胖天说，那你还杀不杀杜小鹅？

蔡一刀猛地一脚横着踢向刀柄，刀身就此飞了起来。蔡一刀用两只手一把接住了刀柄，刀锋指向了杜小鹅和何来胜。那刀身震颤轰鸣的声音，一浪一浪地冲进了他们的耳膜。

何来胜这时候已经是一个血人，他走到了杜小鹅的身边，一把夺过杜小鹅用来撑地的那柄刀子，转头对蔡一刀说，你今天杀不了她。

为何？

何来胜笑了，说，因为你想要杜小鹅偿命，需要先杀我。

那连你一起杀了。

好，那你有本事就踏着我的尸体过来，来吧！

何来胜边说边举起了刀指向蔡一刀，飞飞扬扬的雪就在他身边飘舞着。杜小鹅听到了一阵一阵呜咽的风声掠过刀身时的声音。她突然想起，何来胜曾经一边翻看着《金瓶梅》，一边说过的拿命来喜欢她的这一说法，于是她把目光投向了雪中那个浑身是血的何来胜。而站在大药房的屋檐下，抱着孩子的春十三也听到了何来胜刚才说的那些话，于是她把那张带着疤痕的脸，慢慢地贴在了钱春春嫩嫩的脸上，　滴泪也同时在这场飘飞的大雪中坠落。

长久的沉默中，众人都一动不动。只有呼号的风，发出奇怪的呜呜声。雪花仍然在漫天飞舞，很快让蔡一刀的头发变白了。蔡一刀终于露出了笑容，对何来胜说，我一定成全你！

静默之中的千里雪飘，飘雪之中的一把长刀和一把短刀，同时发出了铁器的呜咽之声，破空传出去很远。

图书在版编目(CIP)数据

长亭镇 / 海飞著. —杭州:浙江文艺出版
社,2020.12
ISBN 978-7-5339-6286-9

Ⅰ.①长… Ⅱ.①海… Ⅲ.①长篇小说—中国
—当代 Ⅳ.①I247.5

中国版本图书馆CIP数据核字(2020)第211763号

责任编辑 张 雯
责任校对 罗柯娇
责任印制 张丽敏
封面设计 嫁衣工舍
营销编辑 张恩惠

长亭镇

海飞 著

出版 浙江文艺出版社
地址 杭州市体育场路347号
邮编 310006
电话 0571-85176953(总编办)
0571-85152727(市场部)
制版 浙江新华图文制作有限公司
印刷 杭州杭新印务有限公司
开本 880毫米×1230毫米 1/32
字数 100千字
印张 6.875
插页 2
版次 2020年12月第1版
印次 2020年12月第1次印刷
书号 ISBN 978-7-5339-6286-9
定价 38.00元